BESESSEN
LIEBE ÜBER ALLES

DIANA MOND

Inahltsverzeichnis

Kapitel 1: Urlaube   Seite 5

Kapitel 2: Konkurrenz   Seite 25

Kapitel 3: Ein Fehler   Seite 45

Kapitel 4: Ziel erreicht   Seite 67

Kapitel 5: Distanz   Seite 89

Kapitel 6: Schreckensnacht   Seite 105

Kapitel 7: Ein Dankeschön   Seite 125

Kapitel 8: Nähe   Seite 143

Kapitel 9: Schicksalsnacht   Seite 165

Kapitel 10: Wahrheiten   Seite 187

Kapitel 11: Familienzusammenkunft   Seite 205

1. Urlaube:

Ich hatte eine ziemlich normale Kindheit, wenn man von der Tatsache absieht, dass mein Vater ein gewalttätiger, kontrollsüchtiger Choleriker war. Jeden Abend um 18:00 Uhr musste das Abendessen bei uns auf dem gedeckten Tisch stehen und wir, also meine Mutter, meine drei Geschwister und ich, hatten alle schon zu sitzen, wenn mein Vater kam. Wer zu spät kam, wurde bestraft.
Ich lernte schnell, dass wir keinerlei Entscheidung selbst treffen durften. Wenn wir ins Restaurant gingen, bestellte mein Vater für uns alle. Wir durften uns nicht einmal aussuchen, welche Kleidung wir trugen, wobei wir Jungs immerhin innerhalb unseres Kleiderschranks aussuchen durften. Meiner Schwester und meiner Mutter legte er jeden Morgen Sachen heraus.
Meine Mutter war eine schöne Frau. Leider war sie zu feige gewesen, uns Kinder frühzeitig zu schnappen und abzuhauen, bevor unser Vater uns erziehen konnte… und sie gleich mit. Am schlimmsten war der Sonntag. Da zogen sich unsere Eltern immer für eine Stunde zurück. Sie verrieten uns nicht, was sie taten, aber wir wussten es trotzdem. Mein Vater untersuchte den Körper meiner Mutter auf Knutschflecke und wog sie. Wenn ihm etwas an ihr nicht gefiel, bekamen wir es immer mit. Ihr Weinen und Schreien war im ganzen Haus zu hören.
Mein Bruder Lukas war vier Jahre älter als ich und genoss es, dass ich so klein und wehrlos war. Er ärgerte und mobbte mich, wann immer er konnte. Als ich acht war, musste ich regelmäßig unseren Rasen mit einer

Zahnbürste kämmen. Er zwang mich, seine Sachen aufzuräumen und seinen Diener zu spielen. Am schlimmsten jedoch war, dass er mich auch noch an seinen Fantasien teilhaben ließ. Er hatte Gewaltvorstellungen, von denen er mir manchmal abends vor dem Schlafen erzählte. Manches probierte er gleich an mir aus.

Als ich sieben war, ist meine Mutter noch einmal schwanger geworden. Als ich acht war, kam dann mein kleiner Bruder Florian zur Welt. Ich genoss es, endlich einmal Macht über jemanden haben zu können. Wenn schon nicht über mich selbst, dann über einen kleinen wehrlosen Jungen. Als ich zehn war, hätte ich ihn beinahe im Urlaub im Pool ertränkt, hätte meine Schwester mich nicht rechtzeitig davon abgehalten. Ein Jahr später probierte ich es im Freibad erneut, aber der Bademeister schritt ein. Danach gab ich es auf, ihn umzubringen, und konzentrierte lieber all den Hass, den ich auf unsere anderen Familienmitglieder hatte, auf ihn und quälte und ärgerte ihn.

Das zweite Kind meiner Eltern ist meine Schwester Marie. Sie hatte das Glück, ein Mädchen zu sein, wodurch sie von unseren brüderlichen Streitigkeiten verschont blieb. Lukas traute sich nicht, ihr etwas zu tun. Sie war sehr klug und liebevoll und entwickelte in mir durchaus eine sanfte Seite. Ich kann ohne zu lügen sagen, dass sie wohl die Einzige in meiner Familie ist, die ich wirklich geliebt habe. Meinen Vater konnte ich nicht lieben für das, was er uns angetan hat. Meine Mutter konnte ich nicht lieben, weil sie zugelassen hat, dass er uns das antat. Mein großer Bruder Lukas hat mich zu sehr gequält und meinen kleinen Bruder habe

ich zu sehr gehasst, um noch etwas wie Liebe für ihn empfinden zu können.
Nur einmal habe ich jemandem von den Ereignissen bei uns zu Hause erzählt. Als ich dreizehn war, hatte meine Schwester eine Freundin, die ab und zu bei uns zu Besuch war. Sue war ihr Name. Als klar war, dass sie bald wegziehen würde, habe ich mich ihr anvertraut. Seltsamerweise war sie nicht geschockt oder gar überrascht, sondern sprach mit einer ernüchternden Ehrlichkeit aus, was Sache war. Ich liebte und hasste sie dafür, dass sie mir keinen Honig um den Mund schmierte, sondern sagte, dass ich in eine andere Familie kommen würde, wenn ich jemandem davon erzählte. Damals war mir meine Mutter noch zu wichtig, als dass ich ihr das antun könnte. Heute wäre es mir wohl egal.
Als ich vier war, habe ich das erste Mal mitbekommen, wie mein Vater meinen Bruder Lukas schlug. Wenig später war ich dann selbst dran. Während ich es anfangs als ungerecht empfand und mich dagegen wehrte, nahm ich es recht bald hin und passte mich an. Ich war ein cleverer Junge und in den Augen meines Vaters sicher gut und tüchtig. Immer war ich als erster am Tisch und deckte ihn. Ich schrieb gute Noten, widersprach nicht und fragte meinen Vater immer, bevor ich irgendetwas tat. Ich verpetzte sogar meine Schwester, als sie einen Freund hatte, wofür mein Vater sie eine Woche in den Keller sperrte. Dass sie mich danach immer noch geliebt hat, zeigt, wie toll sie ist. Ich habe mich vor mir selbst geekelt, aber ich tat alles, um meinem Vater zu gefallen und seine Anerkennung zu bekommen, bis ich ihn dann enttäuschte und mit 16

die Schule schmiss, um eine Ausbildung zum Industriekaufmann machen und auszuziehen. Ich war vorher auf dem Gymnasium ein guter Schüler gewesen, aber der Gedanke, in eine eigene Wohnung ziehen und selbst Entscheidungen treffen zu können, war zu verlockend.

Seitdem habe ich keinen Kontakt mehr zu meiner Familie, aber weil Lia gerade von Urlaub spricht, werde ich wieder an die Sache mit meinem Bruder im Pool erinnert. Ich habe Lia vor zwei Jahren online über ein Videospiel kennengelernt. Anfangs mochte ich sie, weil sie mich an meine Schwester erinnert hat, aber sie ist nicht so weise wie meine Schwester, sondern viel quirliger und naiver. Trotzdem mochte ich sie für ihre offene Freundlichkeit, mit der sie mich in ihre Gruppe aufnahm.

Sie stellte mir sofort ihren Freund Timo vor, mit dem sie zusammenwohnte und studierte. Er ist ein ziemlicher Loser, wenn ihr mich fragt. Würde ihn Lia nicht an die Fristen erinnern, würde er an der Uni jeden Abgabetermin verpassen. Auch sonst scheint er nie viel von seiner Umgebung mitzubekommen, sondern immer irgendwo in den Wolken zu schweben. Ich mag ihn trotzdem. Er ist treu und anständig. Das ist mir bei einem Freund am wichtigsten.

Tja, und dann gibt es da noch ihn. Erik. Meine Sonne. Das Licht meines Lebens. Schon, als ich ihn kennengelernt habe, wusste ich, dass ich ihn will. Ich bin nicht schwul, nein. Im Allgemeinen bin ich heterosexuell, im Besonderen begehre ich ihn. Das erste, was er zu mir sagte, als wir uns kennenlernten, war:

„Lia meinte, du wärst cool. Eigentlich hat sie keinen guten Geschmack, was Freunde angeht, aber bei dir habe ich ein gutes Gefühl."
Das Lachen danach hat sofort mein Herz erwärmt. Vor fast einem Jahr, am Geburtstag meines Vaters, habe ich das erste Mal gemerkt, dass ich wirklich verliebt bin. Es ist immer der schlimmste Tag des Jahres, an dem meine Laune absolut im Keller ist, aber den Grund dafür erzähle ich nie jemandem. Während Lia und Timo versucht haben, ihn aus mir heraus zu quetschen, hat Erik einfach gesagt:
„Ich habe schon gehört, dass du einen Scheißtag hast. Lass uns nicht darüber reden, sondern einfach dein Lieblingsspiel zocken."
Es war genau das, was ich gebraucht hatte, und ich liebte ihn dafür. Ich hatte immer das Gefühl, dass er mir Sicherheit gab, wie ich sie von meinen Eltern nie bekommen habe. Er ist alles für mich, und ich könnte nie akzeptieren, dass er nicht mein wird.
Als vor Monaten der Gedanke aufkam, dass wir vier zusammen in den Urlaub fliegen könnten, war ich anfangs unsicher, ob es mir gut tun wird, ihm so nahe zu sein. Mittlerweile kann ich es kaum abwarten, Tag und Nacht bei ihm zu sein, mit ihm in einem Zimmer zu schlafen…
„Und wir müssen unbedingt an den Strand!", fährt Lia fort. „Vielleicht sehen wir sogar ein paar Fische!"
Sie ist aufgeregter als wir drei zusammen. Ich lächle und schalte die Lautstärke meiner Kopfhörer herunter, damit ich ihre piepsende Stimme nicht so laut hören muss. Wir zockten mittlerweile nicht mehr, aber redeten noch ein wenig vor dem Schlafengehen.

„Kommen die überhaupt so nah an die Küste? Was, wenn nicht?", fragt sie verzweifelt.
„Dann können wir bestimmt einen Ausflug mit einem Boot machen", antwortet ihr Freund Timo.
„Kommt drauf an, wie teuer das ist. Der Urlaub an sich hat mich schon genug gekostet", sagt Erik lachend, obwohl er es ernst meint.
Ich würde natürlich für meinen Liebsten zahlen. Die drei studieren und verdienen nichts im Gegensatz zu mir.
„Möchtest du nicht ein bisschen shoppen gehen?", fragt Lia.
„Doch schon… Ich habe schon ein bisschen Taschengeld, keine Sorge. Ich meine nur, dass wir das Geld nicht mit vollen Händen rauswerfen sollten."
War klar, dass Lia sich darum keine Sorgen macht. Wenn Timo ihr nicht bei ihren Finanzen helfen würde, wäre sie längst pleite.
„Schauen wir mal. Wir sind ja auch nur eine Woche da", wirft er ein.
Nach kurzer Stille fragt Erik:
„Levi? Bist du noch da?"
Natürlich ist er derjenige, dem mein Schweigen auffällt. Ich lächele leicht.
„Ja."
„Was ist los? Du bist so still."
„Nichts", sage ich und strecke mich. „Ich bin nur müde."
„Du arbeitest zu viel!", wirft Lia mir vor.

Toll, was soll ich jetzt dagegen machen, du Genie?

„Ich weiß", sage ich nur, weil ich weiß, dass sie das hören will. „Ich ruhe mich dann im Urlaub aus."

Mit Erik zusammen.

Ich schüttle meinen Kopf, um die Stimme darin zum Schweigen zu bringen. Wenigstens so lange, bis ich mich von meinen Freunden verabschiedet habe.
„Wir sollten schlafen gehen. Es ist schon spät. Den Rest können wir auch die Tage noch besprechen", sagt Erik. Wie immer findet er die richtigen Worte.
„Okay, gute Nacht", sage ich leise und lege auf.
Ich nehme die Kopfhörer von meinen Ohren und lehne mich zurück, um wenigstens einen Moment lang die Stille genießen zu können, doch sie wird sofort von den Stimmen in meinem Kopf unterbrochen.

Lass dir doch von ihm nicht sagen, was du zu tun hast! Wir gehen ins Bett, wenn wir es für richtig halten!

Es ist die Stimme von Heinz. Er ist zwar mein Vater, aber so nenne ich ihn schon seit Ewigkeiten nicht mehr. Trotzdem ist er mein ständiger Begleiter und beeinflusst mich mit seinem Weltbild.

Aber warum denn? Es war doch nur ein gut gemeinter Rat, mit dem er uns helfen möchte. Außerdem ist Schlaf wirklich nicht schlecht für uns.

Das war die liebliche, sanfte Stimme meiner süßen Schwester Marie. Sie ist das Gegenteil von Heinz und versucht immer, mich in die richtige Bahn zu lenken.

Heinz: Wer braucht schon Schlaf? Du musst hart arbeiten, wenn du etwas erreichen willst, und darfst dich erst recht nicht von anderen beeinflussen lassen. Die wollen dir doch nur schaden!

Marie: Erik ist doch wundervoll. Er will nur unser Bestes. Dafür lieben wir ihn und er uns sicher auch.

„Hört auf", flüstere ich und fahre mir mit der Hand über die Stirn, da ich es anstrengend finde, ihnen zuzuhören.

Heinz: Der liebt uns nur, wenn wir ihn dazu zwingen!

Marie: Nein, wir müssen ihm zeigen, wie liebenswert wir sind und…

Heinz: Blödsinn!

Ich zucke kurz unter der Lautstärke zusammen.

Heinz: Er ist ein Idiot, der uns niemals genug schätzen wird! Du musst ihm zeigen, wozu du in der Lage bist, wenn er nicht spurt!

Marie: Aber er liebt ihn doch und will ihn glücklich machen!

„Hört endlich auf!", schreie ich und tatsächlich wird es still.
Ich atme tief durch und bemerke erst jetzt, dass ich die Arme verschränkt und mit den Fingernägeln über

meine Haut gekratzt habe. Das habe ich schon ein paar
Mal gemacht, während ich ihnen zugehört habe. Ich
hasse ihre Streitereien. Ich bin manchmal so
überfordert, dass ich zittere. Zum Glück bin ich immer
noch in der Lage, sie zum Verstummen zu bringen,
auch wenn es immer schwerer wird.
Ich stehe vom Schreibtischstuhl auf und gehe zu
meinem Bett. In der Nachttischschublade habe ich eine
Schere. Ich öffne und betrachte sie einen Moment. Ich
habe mich bisher erst einmal geritzt an meinem
Geburtstag letztes Jahr. Lia, Timo und Erik haben mir
Geschenke gemacht und wir haben die ganze Nacht
gezockt. Von meinen Eltern und Geschwistern kam
nichts.

Lukas: Na?

Ich höre die verschmitzte Stimme meines Bruders und
verdrehe die Augen. Hatte ich nicht gerade noch Ruhe
gehabt? Jetzt wird er mich wie immer mit seinen
Fantasien belästigen. Obwohl ich ihn seit Jahren nicht
mehr gesehen habe, hat er nie damit aufgehört.

*Lukas: Stell dir doch mal vor, du würdest deinen Namen in
seine Brust einritzen. Schön spiegelverkehrt, sodass er es
immer lesen kann. Wäre das nicht großartig?*

Marie: Warum sollte er das tun? Das wäre erniedrigend.

Sie ist immer sofort da.

Lukas: Im Urlaub machen wir das, warte mal ab! Es wird euch gefallen. Euch beiden.

Ich lächle. Tatsächlich hat die Vorstellung etwas. Ich kaue nachdenklich auf meiner Unterlippe und packe die Schere wieder weg.

Sue: Wer weiß, vielleicht mag er wirklich Schmerzen. Kann doch sein. Du solltest vorsichtig versuchen, es herauszufinden, und wenn ja, dann könntet ihr beide Gefallen daran finden.

Dass die Freundin meiner Schwester auch nach Jahren noch so großen Einfluss auf mich haben würde, hätte ich tatsächlich nicht gedacht, aber ihre nüchterne Betrachtungsweise ist manchmal wirklich ein Gewinn.

Heinz: Ach, scheiß drauf, was er will! Du tust das, was du willst!

Lukas: Außerdem stell dir mal sein schmerzverzerrtes Gesicht vor… Die Angst in seinen Augen…

Marie: Ihr seid doch krank.

Ich lache bei der Vorstellung über die Kontrolle und Macht, die ich haben würde. Das wäre wirklich toll.

Lukas: Siehst du? Im Urlaub kann das alles wahr werden… Du musst es nur tun.

Ich betrachte meine Arme, die immer noch leicht rot sind, weil ich so darauf herumgekratzt habe. Ich stehe auf und hole mir einen Pulli aus dem Schrank, den ich mir überziehe, damit das nicht noch einmal passiert. Dann lege ich mich ins Bett und versuche, schnellstmöglich einzuschlafen, damit ich ihnen nicht länger zuhören muss.

Sue: Auf jeden Fall solltest du aufpassen, dass man dir im Urlaub nichts anmerkt. Die halten dich sonst für verrückt.

*

Nächste Woche Samstag ist es soweit und wir wollen zusammen nach Hurghada ins warme Ägypten fliegen. Beim Aufwachen habe ich schon gemischte Gefühle.

Marie: Freu dich, wir haben eine Woche unseren geliebten Erik ganz nah bei uns!

Ich nicke lächelnd und packe noch schnell meinen Koffer. Klar, ich hätte es längst machen sollen, aber ich habe es einfach nicht vorher hingekriegt. Also schmeiße ich alles hinein, was ich gebrauchen kann, und versuche, nichts zu vergessen. Als ich eigentlich schon aufgehört habe, fällt mir gerade noch ein, dass ich eine Badehose einpacken muss.

Lukas: Schlag Erik doch vor, nackt mit dir zu baden…

Sue: Als ob das funktioniert.

Lukas: Er will das doch sicher auch.

Sue: Selbst, wenn: Ihr seid in einer großen Hotelanlage und nicht alleine. Mach dir keine falschen Hoffnungen.

Seufzend packe ich die Badehose ein, von der ich glaube, dass Erik sie lieber mag. Dann gehe ich ins Bad und schaue in den Spiegel. Ich sehe wie immer fast tot aus, so blass bin ich. Natürlich bin ich als Blondschopf allgemein sehr hell, aber das sieht nicht gesund aus.

Marie: Im Urlaub bekommst du sicher etwas Farbe, keine Sorge.

Ich schmunzel und beeile mich, damit ich noch etwas essen kann, bevor ich mich auf den Weg zum Flughafen machen muss. Es ist zwar erst kurz nach sieben, aber ich muss noch eine gute Stunde mit dem Auto fahren. Allerdings habe ich keinen Hunger, weswegen ich außer einem Joghurt nichts herunterbekomme. Nachdem ich ihn gegessen habe, fällt mir auf, dass er seit zwei Wochen abgelaufen ist. Ich ärgere mich und versuche, doch noch eine Scheibe Brot zu essen, da ich nicht nur blass, sondern auch sehr dünn bin. Seufzend schmeiße ich es weg. Mir ist nicht nach essen.

Marie: Ab heute Abend hast du ein breites Buffet mit leckeren Sachen. Da wirst du bestimmt Lust zum Essen bekommen, keine Sorge.

Ich nicke und mache mich fertig zur Abfahrt.

*

Die Autofahrt verläuft ruhig. Meine ständigen Begleiter streiten sich die ganze Zeit über den Sinn und Zweck von Urlaub. Anfangs höre ich noch zu, doch irgendwann habe ich keine Lust mehr und schalte stattdessen das Radio ein, woraufhin sie verstummen und auch zuhören. Nur vereinzelt kommen Kommentare zu Songs oder Moderatoren, die mich aber nicht stören.
Am Flughafen schlägt mein Herz sofort viel schneller. Ich muss gar nicht lange suchen, sondern finde Lia, Timo und Erik sofort in der Empfangshalle. Als sie mich entdecken, freuen sie sich tatsächlich, mich zu sehen, und begrüßen mich. Ich kann mich dabei natürlich nur auf Erik konzentrieren und versuche, mich ihm gegenüber ganz normal zu verhalten.
„Du bist etwas spät", sagt Lia wenig sensibel.
Ich gucke auf die Uhr.
„Ich bin nicht zu spät!", keife ich zurück.
Sie zuckt kurz zusammen.
„So war das nicht gemeint… Ist alles okay?"
„Du wirkst etwas angespannt", hilft Timo ihr.
Ich sehe zu Erik, der mich nur ansieht. In seinem Blick liegt eine Ruhe, die mich sofort besänftigt.
„Ich musste früh aufstehen, habe heute Morgen noch schnell gepackt…"
„Heute Morgen erst?", fragt Lia.
„Hammerhart, der Typ", sagt Erik lachend.
Ich lächle leicht und kratze mich im Nacken.

„Wir sollten uns anstellen, sonst wird es echt knapp", sagt Timo und wir stellen uns in die Schlange für die Kofferaufgabe.
Lia erzählt von dem Hotel, das sie für uns ausgesucht hat. Ich habe es mir nicht einmal im Internet angesehen. Letztendlich ist es mir egal. Solange Erik dabei ist, bin ich glücklich. Gleichzeitig überfordert mich die Nähe zu ihm jetzt schon. Am liebsten würde ich ihn an mich drücken und mit Küssen übersähen... oder am besten gleich sein T-Shirt ausziehen und mit meinen Fingern über seine weiche Haut fahren.
„Levi?", fragt Lia.
Ich sehe sie an.
„Ja?"
Sie mustert mich leicht verwirrt.
„Wo bist du mit deinen Gedanken?"
Ich sehe zu Erik, der sich gerade ein Plakat neben der Schlange durchliest.
„Weiß nicht", murmle ich.
Sie kommt näher zu mir und hakt sich bei mir ein. Ich verspanne mich sofort, denn ich hasse es, wenn man mich anfasst.
„Du bist wie ein kleiner Bruder für mich", sagt sie lächelnd.
Ich schmunzle. Meine Schwester ist zwar viel besser als sie, aber Lia ist wirklich lieb und ich habe sie gerne in meiner Nähe.
„Die beiden spinnen doch...", flüstert sie mit einem leisen Lachen.
Ich sehe wieder zu Erik und Timo. Letzterer hält seinen Kopf gerade neben ein Plakat mit einem Kugelfisch und macht dicke Backen, während Erik

diesen Spaß fotografiert. Ich kann nicht darüber lachen, deshalb schaue ich wieder zu Lia. Sie sieht mit einem verliebten Lächeln zu den beiden und seufzt.
„Was gefällt dir an Timo so?", frage ich.
Ihr Lächeln verschwindet und sie sieht mich fragend an, als würde sie wissen wollen, worauf ich hinauswill.
„Ich fühle mich wohl bei ihm und… keine Ahnung, ich liebe ihn einfach. Das kann man nicht erklären", antwortet sie und streicht sich nervös eine Strähne hinters Ohr, die sich aus ihrem Zopf gelöst hat.
Ich fand ihre Beziehung immer seltsam.
„Warum fragst du? Gibt es vielleicht ein Mädchen, das du ganz gerne hast?"
Sie stupst mich leicht an.
Wieder geht mein Blick zu Erik, der nun neben dem Kugelfisch post.
„Ja, es gibt jemanden."
Ich weiß nicht, warum ich ihr die Wahrheit sage. Ich habe nicht darüber nachgedacht.
„Und weiß sie es?"
Ich schüttle den Kopf.
„Das wird schon. Vielleicht kannst du sie uns mal vorstellen, wenn wir wieder in Deutschland sind."
„Vielleicht…", wiederhole ich nachdenklich.
Wir sind jetzt dran mit der Kofferaufgabe und Lia bittet mich, die beiden zu holen. Ich laufe zu ihnen und versuche, ruhig zu bleiben, während ich mich Erik nähere.
„Wir sind dran", sage ich kleinlaut.
„Oh", erwidert Timo und läuft vor, um Lia mit den Koffern zu helfen.

Erik und ich gehen ihm nach. Ich spüre, wie er mich von der Seite mustert.

„Freust du dich auf den Urlaub?", fragt er.

Ich verschränke die Arme und fahre mit meinen Fingernägeln darüber. Zum Glück habe ich einen Pulli an.

„Schon, ich hasse nur Flughäfen", erkläre ich, ohne ihn anzusehen.

„Wir haben es ja bald geschafft… Sieh es positiv: Im Hotel schlafen wir in einem Zimmer."

Er zieht zweimal die Augenbrauen nach oben und lächelt leicht verschmitzt. Ich muss ebenfalls schmunzeln, wende jedoch den Blick ab.

Lukas: Wenn du wüsstest, was wir mit dir vorhaben, würdest du nicht so lachen… Das wird ein Spaß!

Ich ignoriere das böse Lachen meines Bruders in meinem Kopf und krame meinen Reisepass aus meinem Rucksack, um ihn vorzuzeigen.

In der Schlange zur Sicherheitskontrolle kommt bei mir auch langsam Urlaubsstimmung auf. Ich freue mich darauf, in der Sonne am Pool zu liegen und den Anblick von Erik in Badehose zu genießen. Je näher wir der Sicherheitskontrolle kommen, desto düsterer werden meine Gedanken wieder. Mir wird bewusst, dass das Liegen in der Sonne zu einem schrecklichen Sonnenbrand führen wird und ich nicht einmal Sonnencreme dabei habe. Eigentlich haben meine schlechten Gedanken nur eine Ursache: Ich hasse es, angefasst zu werden, und ich weiß jetzt schon, dass ich wieder abgetastet werde.

Tatsächlich piept es beim Durchgehen und ich hebe widerwillig die Arme. Meine Hände ballen sich automatisch zu Fäusten und ich beiße die Kiefer aufeinander, um nicht zu platzen.

Heinz: Was fällt dem ein, dich so anfassen? Schlag ihm eine rein!

Immer noch gereizt nehme ich mein Handgepäck und meine Jacke vom Band und gehe zu den Anderen, die schon auf mich warten.
„Du ziehst ein Gesicht…", meint Lia lachend.
„Ich hasse es, abgetastet zu werden…", murmle ich.
„Jetzt hast du es ja geschafft", sagt Erik schulterzuckend und geht voran zur Halle, in der wir auf das Boarding warten müssen.
Timo kommt zu mir und geht neben mir her.
„Worauf freust du dich denn so im Urlaub?", fragt er.
Ich zögere. Eigentlich freue ich mich nur, Erik nahe sein zu können.
„Äh… Ich freue mich, Zeit mit euch verbringen zu können. Wir sehen uns ja nicht so oft", sage ich.
Das will er sicher hören.
„Das freut mich", sagt er lächelnd. „Weißt du, worauf ich mich freue? Das Essen! Leckeres Buffet von morgens bis abends! Und Sonne jeden Tag! Das wird toll, meinst du nicht?"
Ich nicke leicht.
„Bestimmt."
Ich fühle mich wieder unwohl und kratze mir leicht über die Arme, was dank meines Pullis immer noch kein Problem. Timo lächelt noch einmal, bevor er zu

Lia geht. Sie und Erik scheinen sich einige Meter vor uns prächtig zu amüsieren. Sobald Timo bei ihnen angekommen ist, dreht sie sich zu mir um und winkt mich zu sich. Ich schmunzle. Sie würden mich nie vergessen.

Marie: Wir haben schon großes Glück mit ihnen.

Sue: Vermassle es nicht!

Ich bin mir fast sicher, dass ich genau das tun werde.

*

Nach einer viel zu langen Wartezeit, in der ich die meiste Zeit nur Musik hörte, dürfen wir endlich ins Flugzeug. Wir haben drei Plätze nebeneinander und einen auf der anderen Seite des Ganges. Lia möchte unbedingt am Fenster sitzen, Erik setzt sich neben sie und ich mich neben ihn. Timo hat kein Problem damit, neben dem Gang auf der anderen Seite zu sitzen. Der Angsthase möchte bloß weit weg vom Fenster.
Ich bin zufrieden. Ich sitze die nächsten viereinhalb Stunden neben Erik und das ist das Einzige, was zählt. Das Beste ist, dass ich jetzt schon den perfekten Plan habe, um ihm näher zu kommen. Als das Flugzeug startet und abheben möchte, versuche ich, einen möglichst panischen Gesichtsausdruck zu machen und greife nach seiner Hand.
„Hey...", sagt Erik lachend, nimmt dann aber auch meine Hand und streicht mit dem Daumen vorsichtig darüber. „Hast du Flugangst?"

„Ein wenig…", murmle ich leise.
„Ach, das erklärt, warum du den ganzen Tag schon so angespannt bist… Aber keine Sorge, Fliegen ist wirklich sicher."
Ich versuche, nicht überzeugt zu nicken.
„Außerdem bin ich bei dir und beschütze dich", sagt er und lehnt sich zu mir.
Mein Blick geht zu unseren ineinander verschränkten Händen. Es fühlt sich absolut richtig an und macht mich wirklich traurig, als er nach einer Weile vorsichtig loslässt. Am liebsten würde ich so viel mehr mit ihm machen als Händchenhalten. Ich bin erst wenige Stunden bei ihm, aber seine Nähe ist jetzt schon unerträglich. Ich habe keine Ahnung, wie lange ich mich noch zurückhalten kann.
Eine oder zwei Stunden später schlafen fast alle. Erik schläft und sieht dabei zuckersüß aus. Lia schläft ebenfalls tief und fest und lehnt sich dabei an seine Schulter. Wenn ich nicht wüsste, dass sie mit Timo zusammen ist, wäre ich eifersüchtig, aber so ist alles gut. Leider ist eben dieser wach, was mich daran hindert, Erik vorsichtig zu berühren, während er es nicht merken würde. Ich kann nicht schlafen, was zum einen an meinen immerwährenden Schlafproblemen liegt, aber auch an der Tatsache, dass es viel interessanter ist, Erik beim Schlafen zu beobachten.

2. Konkurrenz:

Als wir ankommen, ist es schon Abend. Wir fahren ins Hotel und checken in unsere Zimmer ein. Ich stelle erfreut fest, dass Erik und ich in einem Doppelbett schlafen, was mein Kopfkino schon ordentlich anregt.

Heinz: Nutz diese Gelegenheit endlich! Du hast lange genug gewartet!

Ich beobachte Erik, der gerade sporadisch seinen Koffer auspackt, und lecke mir über die Lippen.

Lukas: Stell dir doch mal vor, wie er in der Ecke auf dem Boden sitzt und dich mit Panik in den verheulten Augen ansieht.
„Levi… Ich habe Angst… Bitte nicht", wird er flehen.
Und du stehst nur da und lachst.
„Gut so", wirst du sagen, ihn packen und mit dir ins Bett zerren.
Hört sich das nicht großartig an?

Ich sehe es vor meinem inneren Auge und grinse.

Lukas: Nachher, wenn wir mit ihm alleine sind, schnappen wir ihn uns! Du hast es dir verdient!

Marie: Das ist doch nicht euer Ernst? Das wäre barbarisch! Du solltest ihm Gutes tun und ihn nicht bedrängen. Er liebt uns bestimmt. Du musst euch nur genug Zeit geben, um zu wachsen.

Sie überfordern mich. Ich weiß nicht, auf wen ich hören soll. Um die Gedanken einfach aus meinem Kopf zu verdrängen, fahre ich mir mit den Händen übers Gesicht und raufe mir kräftig die Haare, bis es wehtut.
„Levi?", höre ich Eriks besorgte Stimme. „Ist alles okay?"
Ich seufze und sehe auf, aber ich kann ihm nicht in die Augen sehen.
„Ja, alles gut", sage ich knapp und dränge mich an ihm vorbei ins Bad.
Ich schließe mich ein und sehe in den Spiegel, als könnte ich so meine eigenen Gedanken wieder deutlicher wahrnehmen, aber meine treuen Begleiter streiten wie immer und ich bekomme Kopfschmerzen. Unruhig kratze ich mir über die Arme, bis ich beschließe, mir lieber Wasser ins Gesicht zu spritzen. Da höre ich ein Klopfen an der Tür.
„Levi, beeilst du dich? Wir wollen langsam essen", höre ich Lia.
„Ja, ich komme gleich", antworte ich möglichst monoton.

Sue: Lass dir bloß nichts anmerken!

Endlich ein hilfreicher Tipp. Ich trete vorsichtig aus dem Bad. Die drei sitzen gerade auf unserem Bett und unterhalten sich angeregt über irgendetwas. Ich achte nicht weiter auf sie, sondern gehe unauffällig zu unserem Schrank, um mir einen Pulli überzuziehen, damit sie nicht sehen, was ich mit meinen Armen

gemacht habe. Dann gehe ich zu ihnen und sage ruhig, ich sei fertig zum Essen.
Wir verlassen unser Zimmer, wobei Lia sofort nach Timos Hand und mit ihm voraus. Erik und ich trotten hinterher, was mir aber durchaus entgegenkommt.
„Warum bist du denn so dick angezogen?", fragt er mich.
Ich weiche nervös seinem Blick aus und werde unruhig. Bloß nichts anmerken lassen!

Heinz: Das geht ihn nichts an! Er hat nicht über deine Kleidung zu urteilen!

„Levi?", hakt Erik nach.

Sue: Sag einfach, dass ihr schnell essen wollt und du deswegen nicht lange gesucht hast.

„Ich habe einfach das Erstbeste genommen, weil wir doch alle so hungrig sind", erkläre ich nervös.
Ich spähe vorsichtig zu Erik herüber, der auf den Boden vor sich blickt.
„Ich meine ja nur… Lia ist so sommerlich angezogen und du verhüllst dich."
Mir entgeht nicht, dass er dabei etwas zu intensiv auf ihr Hinterteil blickt, das sie unter einer extrem kurzen Jeans präsentiert. Sofort verengen sich meine Augen zu Schlitzen.

Heinz: Hat der ihr gerade auf den Arsch geguckt? Was fällt ihm ein? Hau ihm eine runter! So etwas lassen wir uns nicht bieten!

Ich balle meine Hände zu Fäusten und bin kurz davor, tatsächlich auf ihn loszugehen, als mich eine Stimme zurückhält.

Marie: Vielleicht hast du dich vertan... und selbst wenn nicht: Es war nur ein kurzer Blick. Das muss gar nichts bedeuten... Können wir ihm das nicht verzeihen?

Sue: Könnt ihr nicht endlich mal mit diesem Typen aufhören? Es ist doch so offensichtlich, dass er uns nicht liebt. Na und? Scheiß drauf! Such dir einen anderen oder eine andere!

Marie: Sag so etwas nicht! Erik ist wundervoll. Er liebt uns bestimmt auch. Wir müssen ihm nur zeigen, wie liebenswert wir sind.

„Levi?"
Ich zucke zusammen und sehe wieder zu Erik, der mich anlächelt.
„Ist wirklich alles gut bei dir? Du warst schon wieder so abwesend."
Ich streiche mir seufzend durch die Haare.
„Ja, alles gut."
„Aber wenn etwas wäre, würdest du es uns sagen, oder?", fragt er und sieht mich eindringlich an. „Wir sind deine Freunde und helfen dir auch in schweren Zeiten, okay?"
Ich nicke leicht.
„Danke", flüstere ich. „Gib mir einfach noch ein, zwei Tage, um abzuschalten."

„Wir werden schon dafür sorgen, dass du dich entspannst."
Er streicht mir über die Schulter und ich bekomme eine Gänsehaut.

Marie: Er ist so ein Schatz. Hoffentlich können wir ihn für uns gewinnen.

„Wo bleibt ihr denn so lange?", fragt Lia.
Sie stellt sich zwischen uns, hakt sich bei uns beiden ein und zieht uns schneller zum Restaurant.
„Ich habe Hunger", sagt sie lachend.
Wir lachen leicht, aber mir gefällt der Blick, mit dem Erik sie ansieht, gar nicht. Ich mache mir wieder bewusst, dass sie nur Freunde sind. Lia ist sogar mit seinem besten Freund zusammen. Völlig ausgeschlossen, dass jemals mehr zwischen ihnen laufen könnte.

*

Durch die lange Anreise habe ich tatsächlich etwas Appetit und das Essen ist außerdem so lecker, dass ich eine für meine Verhältnisse große Portion esse. Ich habe mich lange nicht mehr so voll gefühlt. Danach hole ich mir sogar noch Kuchen, doch als ich wieder an den Tisch komme, ist nur Timo da, der, obwohl er ein ziemlicher Lauch ist, essen kann wie ein Bär.
„Wo sind Lia und Erik?", frage ich beiläufig.
„Die wollten sich Eis holen", erklärt er und widmet sich wieder seinem Burger, bei dessen Anblick mir fast schon schlecht wird.

Ich konzentriere mich auf meinen Kuchen und sehe zu, wie Lia und Erik zusammen zum Platz zurückkommen. Sie reden und lachen, wie Freunde es tun sollten. Mein Angebeteter setzt sich neben mich und mustert meinen Kuchen.
„Schmeckt der?", fragt er.
Ich schiebe ihn zu ihm hinüber. Vielleicht habe ich mich doch etwas überfordert.
„Danke", sagt er und macht sich darüber her.
Ich seufze. Ich habe mir doch vorgenommen, mehr zu essen!

Marie: Das wird schon noch. Keine Sorge.

„Letztendlich habe ich den Film dann ein halbes Jahr später zurückbekommen. Unter dem Weihnachtsbaum", erzählt Erik weiter mit Kuchen im Mund.
„Nein!", sagt Lia und lacht überrascht.
Sie erzählen sich alte Geschichten. Wie Freunde.

Marie: Siehst du? Alles in Ordnung.

*

Nach dem Essen trinken wir in einer Bar ein paar Drinks. Während die anderen mit dem Alkohol etwas lockerer werden, bleibe ich nüchtern. Ich habe zu viel Angst davor, was ich sage oder gar tue, wenn ich betrunken bin. Gut, die anderen sind auch nicht betrunken, aber ziemlich entspannt. Da wir nach dem langen Tag jedoch ziemlich müde sind, gehen wir bald

schon zu unseren Zimmern und setzen uns mit unseren Getränken auf die Terrasse.
Es ist wirklich lustig. Ich sitze neben Erik und wir reden und lachen. Für den Moment bin ich gut drauf, bis Lia plötzlich aufsteht und mit einem müden Gähnen sagt:
„Ich ziehe mich schon mal um."
Sie verschwindet ins Zimmer und wir bleiben ruhig sitzen. Ich werde nervös bei dem Gedanken, gleich mit Erik alleine auf dem Zimmer zu sein, und trinke von meiner Cola.
„Warum trinkst du eigentlich keinen Alkohol?", fragt Timo.
Ich trinke weiter und überlege mir eine gute Antwort.
„Ich glaube, dass es mir nicht guttut", sage ich.
Es ist keine Lüge, aber sie würden es trotzdem nicht so verstehen, wie es gemeint ist.
„Ist sicher klüger", sagt Erik und lächelt mich an, als würde er mir sagen wollen, dass er zu mir steht.
Ich wende meinen Blick ab und erinnere mich an das erste Mal, dass ich wirklich viel getrunken habe. Es war auf einer Party von Klassenkameraden, eines der wenigen Male, an denen mein Vater mich gehen ließ. Ich freute mich so sehr darüber, dass ich es nutzen wollte, um mich wirklich zu betrinken. Letztendlich zerlegte ich den halben Garten meines Klassenkameraden und schrie einige meiner Mitschüler so heftig an, dass sie nie wieder mit mir geredet haben.
Das letzte Mal, dass ich Alkohol getrunken habe, war während meiner Ausbildung zum Industriekaufmann. Ich erinnere mich nicht mehr an alles, aber ich wachte

am nächsten Morgen auf der Polizeistation auf.
Offenbar hatte ich mich am Vorabend mit einem anderen Gast geprügelt. Ich weiß noch, dass ich die Stimmen in dieser Nacht nicht kontrollieren konnte. Sie redeten auf mich ein und ich konnte mich ihnen nicht widersetzen.
Seitdem fürchte ich mich vor der Wirkung von Alkohol auf mich.
„Schlechte Erfahrungen gemacht?", fragt Timo und mustert mich.
Ich nicke nur und hoffe, dass sie damit verstehen, dass ich nicht darüber reden will.
Doch da kommt Lia gerade wieder heraus und alle Blicke sind auf sie gerichtet. Sie trägt obenherum nur ein knappes T-Shirt und untenherum nur Unterwäsche. Manche würden sagen, dass sie ziemlich heiß aussieht, aber ich nicht. Timo lacht leicht, während sie sich auf seinem Schoß niederlässt.
Ich schaue zu Erik und mich trifft der Schlag. Wie er sie ansieht... Er rutscht nervös auf seinem Stuhl hin und her und beißt sich auf die Unterlippe. Jeder kann sehen, wie anziehend er sie findet. Ich sehe zu Lia und dann wieder zu ihm. Er fährt sich durch die Haare und scannt sie gierig weiter von oben bis unten ab. Wie kann Timo das nicht bemerken?
Ich atme ein paar Mal tief durch, um nicht auszurasten.

Heinz: Okay, jetzt reichts! Mach ihn fertig!

Ich bin kurz davor, dem nachzugeben, weil Erik nun mit offenem Mund neben mir sitzt und fast schon

sabbert. Mein einziger Trost ist, dass Lia auf Timos Schoß sitzt und sich an ihn schmiegt. Vielleicht können wir ihm diese kleine Geschmacksverirrung austreiben, wenn er realisiert, dass er keine Chance bei ihr hat. Oder er weiß es schon und es sind nur seine Triebe, die ihn dazu bringen.
„Ist das nicht ein bisschen freizügig?", fragt Timo lächelnd, während er über ihren nackten Oberschenkel streicht.
„Ach, Quatsch!"
Er sieht sich kurz um.
„Komm, lass uns lieber reingehen. Nicht, dass noch jemand vorbeikommt."
Seufzend steht Lia auf und stellt sich hinter ihn. Sie schlingt die Arme um seinen Hals und gibt ihm einen Kuss auf die Wange.
„Spießer", sagt sie.
Timo leert kopfschüttelnd sein Glas. Wir stehen auf und helfen ihnen, das Geschirr reinzubringen, bevor wir unsere Stühle zurück auf unsere Terrasse bringen und uns eine gute Nacht wünschen. Ich achte auf Erik und Lia und befinde die Länge ihrer Umarmung für grenzwertig, aber noch im Rahmen. Ich umarme keinen von ihnen, was mir aber auch keiner übelnimmt.
In unserem Zimmer sehe ich an mir herunter. Lia war so sexy angezogen und ich bin immer noch im Pulli verhüllt. Ich seufze, als sich Erik räuspert.
„Willst du zuerst ins Bad?", fragt er.
Ich lächle sanft. Er ist so lieb.
„Nein, geh du ruhig."

Er nickt mir dankbar zu und verschwindet im Badezimmer.
Mein Lächeln vergeht mir und ich checke, ob alle Türen wirklich abgeschlossen sind. Dann ziehe ich die Vorgänge zu und atme tief durch.

Lukas: Jetzt ist es soweit... Ich freue mich so!

Ich schüttel den Kopf und lecke mir über die Lippen.

Lukas: Ich möchte die Angst und Panik in seinen Augen sehen! Wenn er unser wahres Gesicht entdeckt und keine Ahnung hat, was wir mit ihm vorhaben... Wie aufregend!

Ich lache leise und hole mir etwas zum Schlafen aus dem Schrank. Zügig ziehe ich mich um und stelle mir vor, was ich gleich alles mit Erik anstellen kann, wenn wir in Ruhe alleine im Bett liegen. Alles in mir kribbelt schon vor Aufregung.
Die Tür zum Badezimmer geht auf und er kommt heraus. Er lächelt leicht, scheint sich wohlzufühlen. Mal sehen, wie lange das so bleibt... Ich gehe ins Bad und nehme mir alle Zeit, um mich fertigzumachen. Lächelnd sehe ich in den Spiegel, bevor ich leise zurück ins Zimmer schleiche. Ich spähe vorsichtig um die Ecke und sehe, wie er mit seinem Handy im Bett sitzt und sich an der Wand anlehnt. Er ist so wunderschön. Ich könnte niemals ohne ihn leben. Er ist mein Ein und Alles.

Sue: Lass ihn in Frieden. Es wäre bescheuert, alles aufs Spiel zu setzen für diesen Moment.

Marie: Außerdem liebst du ihn und willst doch nur sein Bestes, oder?

Leider haben sie Recht. Ich gehe zu Erik und lege mich zu ihm ins Bett. Er mustert mich kurz, bevor er sich wieder seinem Handy widmet, das er dann aber weglegt.
„Wie geht es dir?", fragt er und lächelt mich an.
Ich zögere und ziehe die Augenbrauen zusammen.
„Gut…"

Sue: Sag ihm doch das, was man so sagt. Dass es schön hier ist… Dass das Wetter gut ist…

„Es ist wirklich schön hier und das Essen war sehr lecker", füge ich hinzu.

Sue: Geht doch.

Erik lächelt unsicher.
„Ist es okay für dich, dass wir in einem Bett schlafen? Ich wollte sie auseinanderschieben, aber das geht nicht. Ich will nicht, dass du dich unwohl fühlst, verstehst du?"
Am liebsten hätte ich gesagt, dass ich mir nichts Schöneres vorstellen kann, als hier neben ihm zu schlafen. Gleichzeitig bin ich gerührt, wie er sich um mich sorgt und Rücksicht auf mich nehmen möchte.
„Nein, alles gut", sage ich.
Ich realisiere, wie nahe er mir ist und verkrampfe unruhig die Hand. Ich wäre ihm gerne noch viel näher,

aber es geht nicht. Noch nicht. Ich nuschle ihm eine gute Nacht zu und drehe mich auf die andere Seite.
„Gute Nacht, Levi", sagt er. „Morgen können wir in den Pool gehen."
Der Vorstellung von einem nassen Erik in knapper Badehose lässt mich lächeln und sorgt bestimmt für gute Träume.

*

Am nächsten Morgen wache ich auf und fahre mir mit den Händen übers Gesicht. Ich habe tatsächlich von Erik geträumt, wie so oft in letzter Zeit. Ich sah ihn vor mir mit Tüchern geknebelt, während ihm stumm Tränen über die Wangen liefen. Er zitterte leicht. Ich lag über ihm im Bett und fixierte seine Hände mit meinen neben ihm auf der Matratze. Er war mir so ausgeliefert.
Seufzend drehe ich mich und stelle fest, dass das Bett neben mir leer ist. Erik ist weg. Ich springe sofort auf und laufe panisch zum Badezimmer. Die Tür steht offen und auch hier ist er nicht. Wo ist er? Was ist mit ihm passiert? Ich laufe zur Terrassentür und öffne sie. Draußen geht es zum Pool, in dem ich Erik entdecke. Er kommt gerade aus dem Wasser. Normalerweise würde ich den Anblick genießen, aber ich bin noch viel zu aufgewühlt.
„Was machst du denn? Ich habe mir solche Sorgen um dich gemacht!", sage ich und schließe ihn in die Arme.
„Hey, ich bin doch ganz nass", erwidert Erik leicht lachend.

Es ist mir egal. Ich drücke ihn noch fester an mich und schluchze leise. Er schiebt mich von sich und sieht mich verwirrt an.
„Weinst du?", fragt er.
Ich reibe mir über die Augen.
„Na, ich habe mich erschrocken! Ich wache auf und du bist nicht da!", schimpfe ich.
Er lächelt leicht.
„Ich war doch nur ein bisschen schwimmen… Ich wollte dich nicht wecken", erklärt er.
Ich nicke.
„Okay, aber sag das nächste Mal Bescheid!"
„Gut, dann sag ich dir jetzt schon, dass ich die nächsten Tage auch morgens schwimmen gehe."
Ich nehme ihn noch einmal in den Arm und atme erleichtert auf. Es ist alles gut. Es ist alles in Ordnung. Erik legt nun auch die Arme um mich und streicht mir über den Rücken.
„Du bist ganz schön schreckhaft… Und ich dachte, du magst es nicht, wenn man dich anfasst."
Das gilt für alle anderen, aber doch nicht für ihn. Das kann ich jedoch nicht sagen, weil ich dann erklären müsste, warum er anders ist für mich.
„Manchmal schon", nuschele ich.
Er löst sich von mir und sieht unsicher auf den Boden.
„Hast du Hunger? Wir müssen uns langsam fürs Frühstück fertig machen."
Ich habe schon Hunger, aber eigentlich keine Lust, etwas zu essen. Trotzdem nicke ich.

Heinz: Du Idiot! Jetzt hält er dich für ein Weichei!

Marie: Süß, wie du dich um ihn sorgst. Das findet er bestimmt auch.

Heinz: Er soll aber nicht süß sein! Er soll stark sein, ihn beherrschen, sonst wird er beherrscht!

Wir machen uns fertig fürs Frühstück. Ich komme langsam wieder zu mir nach meinem kleinen emotionalen Ausbruch und erinnere mich an meinen Traum, der mich wieder lächeln lässt.

Lukas: Bald wird das alles Wirklichkeit.

Heinz: Das wird nie etwas, wenn du nicht endlich nimmst, was dir zusteht!

„Also, ich bin fertig", höre ich Erik sagen.
„Du bist echt schnell", sage ich lachend und gehe ins Bad.
Ich beeile mich und wir gehen rüber zum Zimmer von Lia und Timo. Nachdem ich angeklopft habe, öffnet uns Lia die Tür. Zuerst späht sie nur kurz hinaus, doch als sie uns sieht, lässt sie uns herein. Sie hat nur Unterwäsche an. Es stört mich eigentlich nicht besonders. Ich finde sie zwar nicht wirklich attraktiv, aber hässlich auch nicht. Sie ist mir ziemlich gleich. Eigentlich mag ich ihre Offenheit auch, aber wenn ich sehe, wie Erik sie schon wieder ansieht, könnte ich ihr an die Gurgel springen. Es ist offensichtlich, dass ihm gefällt, was er sieht. Ihr Auftreten macht ihn nervös.
„Ach, äh, Lia?", fragt Erik.

Sie holt gerade ein Kleid aus ihrem Kleiderschrank und sieht ihn fragend an.
„Ich wollte dir unbedingt noch meinen Lieblingssong zeigen. Er entspricht zwar nicht unbedingt deinem Geschmack, aber ich glaube, du wirst ihn mögen." Sie schmunzelt.
„Okay, machen wir nach dem Frühstück am Pool, oder?"
Er nickt und sie zieht sich ihr Kleid über, bevor sie beginnt, ihre Haare zu einem Zopf zu flechten.
Timo kommt aus dem Badezimmer und ist nun auch endlich fertig. Ich frage mich, ob er wirklich nicht mitbekommt, wie sein bester Freund permanent seine Freundin begafft. Vielleicht ignoriert er es auch nur, weil er Lia vertraut. Sie hängt schon ziemlich an ihm, weswegen ich nicht denke, dass sie ihn betrügen würde. Und solange Erik nur guckt, kann ich ihm das vielleicht verzeihen, auch wenn mich der Neid fast zur Weißglut bringt.

*

Der zweite Tag des Urlaubs war tatsächlich entspannend für mich. Ich hatte zwar keine Sonnencreme, aber die anderen haben mir freundlicherweise etwas abgegeben. Womöglich haben die anderen bemerkt, dass meine Arme etwas rot und aufgekratzt sind, aber sie sagen nichts dazu. Ich hätte mich gefreut, wenn Erik mir den Rücken eingecremt hätte, aber Lia erklärte sich sofort bereit dazu, bevor ich ihn auch nur fragen konnte. Dann wollte ich ihn gerne eincremen, aber auch das übernahm sie mit

Begeisterung, was er in meinen Augen etwas zu sehr
genoss.
Aber das spielt jetzt keine Rolle mehr. Wir genießen
den Tag in der Sonne am Pool. Mittlerweile ist es
Abend und wir haben gerade gegessen. Lia hat
mitbekommen, dass auf dem Platz vor der Bar neben
dem Haupthaus zur Musik getanzt wird. Natürlich
schleppt sie uns jetzt dorthin. Ich gehe eigentlich nie
feiern, aber ich möchte die Gelegenheit nutzen, um
Erik näher zu kommen.

*Sue: Das solltest du auch. Die Zeit läuft dir davon. Ihr seid
nur eine Woche hier.*

Doch als wir erst einmal auf der Tanzfläche stehen,
fühle ich mich unwohl. Ich versuche, mich
einigermaßen im Takt zu bewegen und dabei locker zu
wirken. Erik wirkt ausgelassen und ich bewundere ihn
dafür. Vorsichtig tanze ich ihn an und er lächelt leicht,
doch ehe ich mich versehe, ist er bei Lia und legt ihr
eine Hand an die Hüfte. Sie sind sich plötzlich so nahe
und ich fühle mich fehl am Platz.
Frustriert gehe ich zum Rand des Platzes, an dem vom
Abendessen noch Tische und Stühle stehen. Es ist
dunkel und mir ist kalt. Ich hätte mir wieder einen
Pulli überziehen sollen.

*Heinz: Jetzt hör auf zu jammern! Es gibt keinen Pulli, du
versteckst dich nicht! Steh es aus wie ein Mann und lerne
Leiden ohne Klagen!*

An einem der Tische sitzt Timo mit ein paar
Getränken. Ich setze mich hin und nehme mir ein Glas
Cola. Mein Blick geht wieder zu Erik und Lia, die eng
umschlungen tanzen.
„Stört es dich nicht?", frage ich und rühre
nachdenklich mit dem Strohhalm im Glas herum.
„Was? Dass sie tanzen?", fragt er nach.
Ich nicke.
„Quatsch. Ich vertraue ihnen… Dir natürlich auch.
Aber Erik und Lia? Niemals!", sagt er und lacht.
Ich sehe wieder zu ihnen. Ich sehe es anders, sage aber
nichts. Es ist so offensichtlich, dass Erik Lia heiß findet.
Das bedeutet aber nicht, dass auch etwas zwischen
ihnen läuft, deswegen versuche ich, cool zu bleiben.
„Warum fragst du?", fragt Timo und mustert mich
neugierig.
„Einfach so", antworte ich mit einem Schulterzucken.
Er sieht mich einen Moment lang an, bevor er anfängt
zu lächeln.
„Weißt du… Lia hat mir erzählt, dass du verliebt bist."
Ich verdrehe die Augen.

Heinz: Dieses Mädchen ist nur Unglück! Weis sie endlich in die Schranken, sonst macht sie alles kaputt!

Marie: Was macht sie denn kaputt? Sie meint es doch nur gut.

Heinz: Unsere Beziehung zu Erik! Los, ab auf die Tanzfläche jetzt und schnapp ihn dir!

Marie: Wenn er lieber mit Lia tanzen möchte, dann solltest du ihn lassen.

Heinz: Nein, wenn er nicht will, dann wird er halt gezwungen! Wer entscheidet hier? Zeig ihm, wer das Sagen hat!

Ich raufe mir die Haare und kneife die Augen zusammen, um ihre Stimmen aus meinem Kopf zu bekommen.
„Alles gut?", fragt Timo.
„Kopfschmerzen", lüge ich gequält.
Ich muss mich zusammenreißen, um mir nicht über die Arme zu kratzen, doch dann wird es ruhiger.
„Eh, ja… Eigentlich sollte Lia das nicht herumerzählen", sage ich, um wieder zum Thema zu kommen.
„Na, vielleicht können wir dir helfen. Wie ist sie denn so?"
Ich balle meine Hände zu Fäusten und stehe auf.

Heinz: Das geht ihn nichts an! Sag, dass du nicht darüber redest!

„Ich glaube, ich gehe aufs Zimmer", sage ich geknickt.
Timo runzelt überrascht die Stirn.
„Warte kurz, dann gehen wir zusammen. Ich… hole die anderen", sagt er verwirrt und steht auf.
Ich seufze und sehe zu, wie er mit Lia und Erik redet.
Daraufhin kommen alle drei zurück und nehmen die Getränke.

„Kopfschmerzen?", fragt Erik und ich nicke nur.
„Gleich kannst du dich hinlegen."
Einige Minuten später liege ich im Bett, während die anderen auf der Terrasse sitzen und reden. Warum habe ich noch einmal behauptet, ich hätte Kopfschmerzen? Natürlich könnte ich einfach sagen, ich würde mich besser fühlen oder hätte eine Tablette genommen, aber ich habe keine Lust, nach draußen zu gehen. Es frustriert mich, Erik so nahe zu sein und ihm doch nicht näher zu kommen.
Heinz schreit mich innerlich zusammen, dass ich gefälligst rausgehen und mir Erik holen soll. Auch Marie sagt, ich solle rausgehen und ihm zeigen, wer ich bin, damit er mich noch besser kennenlernt. Lukas schlägt mir vor, ich solle ihn bitten, mit mir reinzukommen, und ihn dann fesseln. Ich habe aber nichts zum Fesseln hier. Vielleicht, so meint er, könnte ich irgendwelche Klamotten nehmen… Ich würde womöglich auf ihn hören. Eine Schere haben wir im Bad, mit der ich ihm wehtun könnte…
Doch ich bin zu frustriert und faul, um einen ihrer Vorschläge umzusetzen. Einzig Sue sagt, ich solle mich ausruhen, da es mir nichts bringt, Erik in diesem Zustand zu begegnen. Ich beschließe, dass sie mal an der Reihe ist, um berücksichtigt zu werden, deshalb höre ich heute auf sie.

3. Ein Fehler:

Ich spüre, wie mir jemand eine Hand auf die Schulter legt, und werde langsam wach.
„Levi?", flüstert Erik.
Ich grummle leise, um ihm zu zeigen, dass ich wach bin.
„Ich gehe eine Runde schwimmen, ja? Nur, dass du Bescheid weißt."
„Okay", flüstere ich und drehe mich wieder um, da ich weiterschlafen möchte.
Ich höre, wie er das Zimmer über die Terrasse verlässt, und atme tief durch. Die letzte Nacht habe ich nicht so gut geschlafen. Dafür nicke ich jetzt wieder leichter weg.
Ich wache erst wieder auf, als jemand an unsere Zimmertür klopft. Seufzend schwinge ich mich aus dem Bett und öffne Lia und Timo die Tür. Wenn ich sehe, wie bezaubernd sie mich schon wieder anlächelt, könnte ich kotzen, was aber vielleicht auch nur an meiner üblen Morgenlaune liegt.
„Guten Morgen", sagt sie. „Seid ihr fertig?"
Ich trete einen Schritt zur Seite, damit sie reinkommen können.
„Erik ist gerade schwimmen und ich… bin gerade aufgewacht", erkläre ich.
Ich gehe zum Kleiderschrank und suche mir frische Sachen heraus, mit denen ich dann im Bad verschwinde.
„Gebt mir fünf Minuten", sage ich noch, bevor ich die Tür zumache.

Als ich wieder herauskomme, sitzen Lia und Timo auf unserem Bett und sehen sich ein Buch an, das Erik seit Anfang des Urlaubs auf seinem Nachttisch liegen hat. Keine Ahnung, warum er es mitgenommen hat, er hat bisher kein einziges Mal darin gelesen.
„Darf ich auch kurz bei euch ins Bad?", fragt Timo mich.
„Klar", antworte ich.
Während er ins Badezimmer geht, greife ich zu Eriks Tube Sonnencreme und fange an, mich damit einzucremen. Einen Tag sind wir hier und ich bin jetzt schon überall verbrannt, obwohl ich mich eingecremt habe. Das hat man wohl davon, wenn man so ein kleiner Vampir ist wie ich.
Als ich mir gerade die Arme eincreme, drehe ich mich zu Lia um. Sie steht mittlerweile an der Terrassentür. Ihr Blick ist so anders als vorher. Sie kaut leicht auf ihrer Unterlippe und streichelt sich mit ihrer rechten Hand über den Hals. Ein Seufzen entfährt ihr und sie lächelt leicht. Ich folge ihrem Blick und sehe Erik, der gerade aus dem Wasser kommt.

Heinz: Kurzer Prozess.

Ich atme immer schneller, während ich auf sie zugehe, und balle meine Hände zu Fäusten. Es reicht. Jetzt reicht es mir. Ich lasse mir das nicht mehr bieten. Weder von ihm noch von ihr.
„Du kannst mir nichts wegnehmen!", schreie ich und packe sie an den Schultern.

Lia schreit erschrocken auf. Ich lege meine Hände an ihren Hals und fange an, zuzudrücken. Tränen sammeln sich in meinen Augen.
„Ich lasse nicht zu, dass du ihn mir wegnimmst!", schreie ich noch einmal.
Ihr Blick ist voller Angst und Panik. Sie zappelt, versucht sich aus meinem Griff zu winden, doch mit jeder ihrer Bewegungen drücke ich nur noch fester zu. Ich hätte mir die Sonnencreme vorher an der Hose abwischen sollen, dann wäre es nicht so glitschig. Plötzlich geht alles ganz schnell. Ehe ich mich versehe, reißt mich jemand von ihr weg.
„Levi, bist du bescheuert?", höre ich Timo schreien, der mich von ihr wegzieht.
Lia sackt auf dem Boden zusammen und hustet.
„Sie hat es verdient!", schreie ich, während mir die Tränen die Wangen herunterlaufen. „Sie darf mir nichts wegnehmen!"
Ich fange mir von Timo eine gewaltige Ohrfeige ein. Erik ist kommt gerade herein. Ich sehe aus dem Augenwinkel, wie er neben Lia am Boden hockt.
„Was ist denn hier los?", fragt er verwirrt.
Ich will mich wieder auf Lia stürzen, aber Timo hält mich fest.
„Lass mich!", schreie ich.
„Erik?", fragt Timo, worauf Erik aufsteht und mich ebenso festhält. Ich weigere mich, aufzugeben. Ich hasse es, angefasst zu werden.
„Das ist noch nicht vorbei! Ich werde mich rächen!"
Sie sieht mich fassungslos an. Mit einer Hand stützt sie sich auf dem Boden, die andere liegt auf ihrer Brust. Ich gehe einen Schritt zurück und reiße mich los. Mit

schnellen Schritten gehe ich aus dem Zimmer und knalle die Tür hinter mir zu, bevor ich endgültig in Tränen ausbreche. Ich ignoriere es und laufe zielstrebig aus dem Hotel, bloß weit weg von den anderen. Draußen steht gerade ein kleines Shuttle, das die Gäste in ein Partnerhotel zum Strand bringt. Kurzerhand steige ich ein. Ich weiß nicht, wohin ich will oder was ich jetzt tun soll. Während der Fahrt fange ich an, mir verzweifelt über die Arme zu kratzen. Es beruhigt mich langsam, auch wenn mich dafür einige Leute blöd anglotzen. Ich weigere mich, einen Moment über das nachzudenken, was passiert ist.
Am Strand ist viel los. Ich ignoriere alles und laufe auf einen breiten Steg. Das Rauschen des Meeres beruhigt mich. Ich setze mich an den Rand, lasse die Beine baumeln und atme tief durch. Erst jetzt realisiere ich so richtig, was ich getan habe, und schluchze laut los. Was ist nur passiert?

Heinz: Richtig so! Vielleicht haben sie jetzt endlich Respekt vor dir!

Marie: Lia war immer so gut zu uns. Was sie jetzt wohl über uns denkt?

Sue: Warum vergisst du ihn nicht endlich? Merkst du nicht, dass deine Gefühle für ihn uns nur Probleme machen? Er will nichts von dir!

Ich schüttle den Kopf.
„Du lügst!", sage ich. „Er liebt mich. Er liebt mich."
Ich wiederhole es noch ein paar Mal leise.

Heinz: Er weiß dich nicht richtig zu schätzen! Bring ihn endlich dazu, es zu lernen!

Lukas: Also, ich fand ihn schön, Lias Anblick… Schade, dass Timo uns unterbrochen hat. Ich hätte gerne gesehen, wie ihr zappeln langsam weniger wird…

Ich kann nicht mehr zurück. Ich versuche, mir vorzustellen, wie sie auf mich reagieren würden. Lia, Timo, Erik… Ich kann ihnen nicht mehr in die Augen sehen. Sie müssen mich für krank halten. Vielleicht verstoßen sie mich, reden nie wieder ein Wort mit mir. Oder noch schlimmer: Sie stellen Fragen. Ich kann ihnen keine Fragen beantworten!
Ich denke zurück an Lia, wie sie nach Luft ringend auf dem Boden gesessen und mich angesehen hat. In ihrem Blick lag so ein tiefer Schmerz, als hätte ich sie bitterlich enttäuscht. Sie hätten mir das nicht zugetraut. Ich habe ihnen wehgetan, dabei sind sie doch meine Freunde, die mich immer unterstützt haben.
Aber da ist noch mehr. Ich bin selbst geschockt darüber, was ich getan habe. Ich habe noch nie so die Kontrolle verloren. Lia hatte Erik begafft. Es war so offensichtlich, dass sie ihn heiß findet. Das kann ich mir doch nicht bieten lassen! Ich bin zwar geschockt über mich selbst, aber wirklich ernsthaft bereuen kann ich es nicht. Erik steht über allem. Er ist wichtiger als sie, also kann ich nicht zulassen, dass sie ihn mir wegschnappt.

Trotzdem war der Angriff auf Lia offensichtlich ein Fehler. Ich weiß nicht, was die anderen jetzt über mich denken, aber bestimmt nichts Gutes.

Sue: Wenn schon, dann solltest du es heimlich tun, wenn Timo und Erik nicht in der Nähe sind. Außerdem musst du das besser planen, damit man dich nicht drankriegt.

Lukas: Können wir bitte ein Messer benutzen? Ich möchte Blut sehen!

Ich schüttele den Kopf und raufe mir die Haare. Keine Ahnung, ob ich Lia noch etwas antun werde. Es wird schwierig, außerdem ist da immer noch Marie, die mich permanent davon abhalten möchte.

Marie: Sie hat doch nur ein bisschen geguckt. Erik ist nun einmal ein gutaussehender Mann, das solltest du doch am besten verstehen.

Also, mal sehen. Ich kann meine Handlungen sowieso schlecht vorausplanen.

*

Ich verbringe den ganzen Tag am Strand, weil ich Lia, Timo und vor allem Erik nicht gegenübertreten will. Eigentlich ist es mir egal, was sie denken, aber ich fühle mich seltsam. Zumindest bin ich wieder einigermaßen klar im Kopf.
Den ganzen Tag habe ich auf dem Steg oder einer Liege gesessen und nachgedacht. Ich habe nichts

gegessen, ich konnte nicht. Getrunken habe ich auch nur wenig. Jetzt ist es später Nachmittag und ich bin auf dem Weg zu meinem Zimmer. Ich kann mich nicht ewig verstecken. Irgendwann muss ich mich ihnen sowieso stellen. Ich hoffe, dass Lia mich nicht hasst. Ein Teil von mir hat sie trotz allem noch ziemlich gern. Ich laufe durch das Hotel und sehe, dass schon das Abendessen vorbereitet wird. Tatsächlich spüre ich ein leichtes Hungergefühl in mir hochkommen, was nicht verwunderlich ist. Ich sehe mich die ganze Zeit nach den anderen um. Vielleicht sitzen sie irgendwo und warten darauf, dass ich zurückkomme. Was sie wohl den ganzen Tag ohne mich gemacht haben? Sie haben bestimmt darüber geredet. Bei der Vorstellung wird mir schlecht.

Schließlich stehe ich vor unserer Zimmertür. Ich fühle mich kaputt, obwohl ich den ganzen Tag nichts gemacht habe. Nervös lausche ich erst einmal an der Tür, aber ich kann nichts hören. Ich hole meine Zimmerkarte aus der Hosentasche und öffne die Zimmertür. Langsam schwingt sie auf und ich spähe ins Zimmer. Erleichtert stelle ich fest, dass sie nicht da sind. Ich kann mich also in Ruhe frisch machen.

Als erstes gehe ich ins Bad, schüttle den Kopf über mein furchtbares Aussehen und wasche mir mit etwas Wasser das Gesicht. Ich gehe zur Toilette und setze mich danach im Zimmer aufs Bett. Auf dem Schreibtisch liegt meine Sonnenbrille, die ich aufsetze. Ich fühle mich wohler, wenn man mir nicht in die Augen sehen kann.

Ich schüttle mich noch einmal aus, schlucke und gehe dann zur Terrassentür. Als ich die Vorhänge beiseite schiebe, sehe ich sie schon. Sie sitzen auf drei Liegen am Pool und reden. Ich trete nach draußen und werde sofort von Timo entdeckt, der aufspringt und zu mir kommen will. Lia steht auch auf, legt eine Hand an seine Brust und sagt irgendetwas, bevor sie zielstrebig zu mir kommt. Sie zögert nicht eine Sekunde, sondern lächelt leicht und nimmt mich fest in den Arm.

„Wo warst du denn den ganzen Tag? Wir haben uns Sorgen um dich gemacht", sagt sie und streichelt mir über den Rücken.

Ich hätte mit vielem gerechnet, aber nicht mit so viel Herzlichkeit und Liebe. Während ich so in ihrem Arm liege, kullern die Tränen unter meiner Sonnenbrille herunter und ich schluchze leise.

Sue: Sag ihr, dass es dir leid tut. Flehe sie um Vergebung an. Das erwarten sie von dir.

Ich tue es nicht. Ich kann es nicht.
Timo und Erik kommen jetzt auch zu uns. Lia löst sich von mir und Timo zieht sie zielstrebig von mir weg. Er legt mir eine Hand in den Nacken und schiebt mich wieder Richtung Zimmer.

„Auf gehts!", sagt er einmal in ernstem Ton.

Ich nehme die Sonnenbrille ab und drehe mich zu Erik um, der uns zusammen mit Lia folgt. Er sieht mich emotionslos an, bevor er auf den Boden sieht. Bei seinem Blick würde ich am liebsten wieder weinen, aber ich beschließe spontan, ein Pokerface aufzusetzen. Im Zimmer dirigiert Timo mich zum Bett, auf dem ich mich hinsetze. Erik schließt die Terrassentür und stellt

sich zu uns. Lia setzt sich neben mich, doch Timo bittet sie, von mir wegzukommen.
„Nein, ich möchte neben ihm sitzen", sagt sie im scharfen Ton. „Er wird mir nichts tun. Stell dich nicht so an!"
Ich sage nichts. Ich sehe nur schweigend auf den Boden. Timo lehnt mit verschränkten Armen am Schreibtisch. Ich fühle mich wie im Verhör.
„Wo warst du denn den ganzen Tag?", fragt Lia mit liebevoller Stimme.
„Am Strand", murmle ich.
„Oh, da müssen wir unbedingt auch noch einmal hin. Wie ist es denn dort so?", fragt sie weiter.
Ich schmunzle leicht und sehe auf.
„Windig… und das Wasser ist kalt. Da sind viele… Steine im Wasser."
Ich sehe zu Timo und mein Lächeln vergeht mir wieder. Die Situation ist zu ernst, um locker über den Strand zu reden.
„Kommen wir zum Punkt", sagt Timo und geht auf und ab. Ich schlucke. „Was war heute Morgen los? Wieso bist du auf Lia losgegangen? Hast du schon öfter solche Ausraster gehabt? Nimmst du irgendwelche Drogen, die du nicht…"
„Timo!", unterbricht Lia ihn. „Überfordere ihn nicht!"
Sie legt mir eine Hand auf den Rücken und streicht beruhigend darüber. Ich würde Timo gerne hämisch angrinsen, aber ich wage es nicht, eine Miene zu verziehen. Mein Blick geht zu Erik, der mich von der Seite betrachtet. Er fängt an, ganz leicht zu lächeln, als wollte er mir sagen, dass er mir beisteht.
„Na gut… Was war heute Morgen los?", fragt Timo.

Ich weiß nicht, was ich antworten soll, nicht reagieren will ich aber auch nicht, weswegen ich mit den Schultern zucke.
„Hast du öfter solche Momente?"
Ich warte eine Sekunde, dann schüttle ich den Kopf. Timo seufzt.
„Wieso redest du nicht mit uns?"
Ich sehe auf und zu ihm.
„Willst du nicht antworten oder kannst du es nicht?"
Ich senke wieder den Blick.
„Okay, Erik, du schläfst heute Nacht bei uns. Das ist besser. Wir kriegen das schon irgendwie hin", erklärt Timo.
Die Vorstellung, dass er mir Erik wegnehmen könnte, macht mich wütend. Ich springe sofort auf und widerspreche:
„Nein!"
Timo baut sich leicht auf.
„Es ist eindeutig sicherer für uns alle. Wenn du uns nicht erzählst, was mit dir los ist…"
„Jetzt hör mir mal zu!", sage ich mit lauter Stimme und erhebe den Zeigefinger. „Es geht dich absolut gar nichts an, okay? Ich werde ihm nichts tun!" Ich deute auf Erik. „Und deiner *heiligen* Lia werde ich auch kein Haar krümmen! Der Rest hat dich nicht zu interessieren!"
Er geht einen Schritt auf mich zu.
„Das will ich auch für dich hoffen. Wenn du Lia noch einmal anfasst, schwöre ich dir, bringe ich dich um!"
„Ich werde ihr nichts tun", wiederhole ich möglichst überzeugend, obwohl ich selbst nicht überzeugt bin.
„Können wir jetzt essen gehen?"

Lia steht auf und klatscht in die Hände.
„Ja, gute Idee! Lasst uns essen gehen! Wir machen uns schnell fertig und dann gehen wir los."
Erik geht an mir vorbei zum Kleiderschrank. Dabei sagt er:
„Finde ich gut. Ich habe echt Hunger."
Timo und Lia gehen über die Terrasse raus. Ich höre noch, wie Timo sagt:
„Wir können ihm nicht mehr vertrauen. Wer weiß, wozu er noch in der Lage ist…"
Lias Antwort bekomme ich nicht mehr mit, aber ich bin mir sicher, dass sie ihm widerspricht.
Erik beobachtet mich. Er weiß, dass ich Timos Aussage mitbekommen habe, und lächelt mich mitleidig an. Dann nimmt er seine Sachen und verschwindet damit im Bad. Ich beschließe, mich nützlich zu machen, und gehe zum Pool, um unsere ihre Handtücher reinzuholen. Dabei kann ich auch meine Gedanken sortieren.

Heinz: Lass dir von diesem Idioten nichts sagen! Er ist dir untergeordnet und nicht anders!

Marie: Vielleicht solltest du ihnen die Wahrheit sagen. Du hast es doch für die Liebe getan, das verstehen sie sicher.

Sue: Klar, ist ja auch normal, dass man aus Eifersucht mal eben versucht, einen Menschen umzubringen…

Marie: Das verdeutlicht nur, wie sehr wir Erik lieben. Du wolltest ihn nur verteidigen, mach dir keinen Kopf.

Heinz: Ach, du musst dich für nichts rechtfertigen! Du kannst tun, was du willst! Kein Gesetz der Welt kann dir Vorschriften machen!

Ich bringe die Handtücher rein und lege mich dann noch einen Moment aufs Bett. Warum fühle ich mich so müde? Ich schließe kurz die Augen und döse. Am liebsten würde ich schon schlafen, dann wäre dieser Scheißtag endlich vorbei.
„Levi, kommst du?", höre ich Eriks Stimme.
Ich öffne die Augen. Er steht fertig vor meinem Bett. Ich sehe ihm an, dass er überlegt hat, mir eine Hand auf die Schulter zu legen, aber es lässt.

Heinz: Er hat Angst vor uns. Das ist gut. Jetzt zeigt er endlich mal Respekt!

Marie: Aber… er soll sich doch bei uns wohlfühlen. Wie wollen wir denn sonst eine Beziehung mit ihm führen?

Heinz: Indem wir die Oberhand behalten und ihn zwingen, das zu tun, was wir wollen! Er weiß uns sowieso nicht genug zu schätzen und zu ehren!

Seufzend quäle ich mich aus dem Bett und raufe mir die Haare. Für meinen Geschmack reden sie schon wieder viel zu viel. Sie sollen mich in Ruhe lassen, wenn ich nicht alleine bin.
Ich hole mir noch meine Sonnenbrille. Vielleicht können sie mir damit weniger ansehen, was ich denke. Dann gehe ich mit Erik aus dem Zimmer zu dem von Lia und Timo. Ich bleibe einige Meter entfernt stehen,

während er hingeht und klopft. Sie kommen kurz darauf heraus. Lia sieht frisch und entspannt aus, als wäre nie etwas passiert.

Heinz: Anscheinend hast du sie noch nicht genug traumatisiert!

Sie will zu mir kommen, aber Timo hält sie am Arm und zieht sie weg.
„Hatte ich nicht gesagt, du sollst Abstand halten?", meint er und die beiden gehen voraus.
Erik und ich laufen hinterher. Ich fixiere mit meinem Blick den Boden und habe eigentlich auch keine Lust, zu reden, aber Erik ist leider perfekt wie immer. Zuerst rempelt er mich ganz leicht mit der Schulter an.
„Hey, ähm...", murmelt er.
Ich sehe auf. Er lächelt.
„Ich habe gesehen, dass man hier in der Anlage auch Popcorn kaufen kann oder Zuckerwatte. Wollen wir uns nach dem Essen etwas holen?", fragt er.
Ich grinse breit.
„Ja, das wäre toll", sage ich ehrlich.
Wir laufen ein paar Meter stumm weiter, aber die unangenehme Stimmung scheint einigermaßen gelockert zu sein. Ich beschließe, ihm eine Frage zu stellen, die mir auf der Seele brennt. Wenn ich einen fragen kann, dann ihn. Timo ist zu wütend und wenn ich mich Lia nähere, macht er mich einen Kopf kürzer.
„Was habt ihr eigentlich den ganzen Tag gemacht?", frage ich leise.
Erik mustert mich von der Seite, als würde er versuchen, mir anzusehen, worauf ich hinauswill.

Dabei will ich eigentlich auf gar nichts hinaus… Denke ich zumindest.

„Nichts Besonderes. Wir haben am Pool gelegen, Karten gespielt…", erzählt er.

Ich nicke. Ich habe nicht erwartet, dass sie ohne mich besondere Dinge machen würden. So schätze ich sie nicht ein.

„Levi, darf ich dich etwas fragen?", fragt er.

Einen Moment bin ich gewillt, zu sagen, dass er mich jederzeit alles fragen darf. Allerdings spüre ich, dass ich seine Frage nicht beantworten werde, deswegen sehe ich ihn nur stumm an.

„Was war heute Morgen mit dir los?", fragt er. „Ich meine… Ich habe dich noch nie so erlebt."

Ich wende meinen Blick ab und schweige. Es ist wohl besser, mich nicht dazu zu äußern. Erik räuspert sich kurz, dann läuft er voraus zu Timo und Lia und ich bin wieder alleine.

Sue: Toll, jetzt fühlt er sich unwohl bei dir. Kriegst du eigentlich irgendetwas hin?

Ich hebe meine Hand und gebe mir selbst eine Ohrfeige für meine Unfähigkeit. Wenn ich mich etwas mehr zusammengerissen hätte, wäre jetzt alles in Ordnung. Timo wird wie ein Wachhund auf mich aufpassen. Das wird mir den Umgang mit Lia und Erik kaputtmachen. Hoffentlich kriege ich das irgendwie geregelt.

*

Es erscheint mir schwieriger, als anfangs gedacht.
Nach dem Essen will Lia mich mit einem Eis aufmuntern, aber Timo will nicht, dass sie mit mir alleine ist. Glücklicherweise erklärt sich Erik bereit, uns zu begleiten. Auf den Miesepeter kann ich echt verzichten. Anschließend holen wir uns noch Popcorn und Zuckerwatte. Ich fühle mich so satt wie lange nicht mehr. Ekeliges Gefühl.
Wir gehen danach sofort aufs Zimmer, damit ich mich ausruhen kann, das sagen sie zumindest. Ich finde die Idee auch nicht schlecht. Es war ein schwieriger Tag und Schlaf wird mir bestimmt guttun. Ich bin immer noch in einem ganz seltsamen Geisteszustand, in dem alles in meiner Umgebung einfach so an mir vorbeizieht, ohne mich zu berühren.
So liege ich jetzt in unserem Doppelbett und decke mich zu. Erik setzt sich neben mich und nimmt endlich das Buch, das er sich mitgenommen hat.
„Stört es dich, wenn ich noch ein bisschen lese?", flüstert er.
„Nein", murmle ich.
Er schlägt das Buch auf und fängt an, darin zu lesen. Ich drehe mich auf die Seite, um ihn dabei anzusehen. Nach einigen Sekunden bemerkt er es und sieht mich an.
„Möchtest du mir etwas sagen?", fragt er sanft.
Ich schüttle den Kopf.
„Etwas fragen?"
Wieder bekommt er nur ein Kopfschütteln als Antwort. Ich drehe mich auf die andere Seite und schließe seufzend die Augen. Schlaf würde mir wirklich guttun.

Etwa eine Viertelstunde später bin ich immer noch wach, was aber nicht an Erik liegt. Trotz meiner Müdigkeit kreisen einfach noch zu viele Gedanken in meinem Kopf. Erik sitzt immer noch neben mir und liest. Als es leise an der Tür klopft, steht er auf. Ich schließe die Augen und stelle mich schlafend. Er glaubt mir wohl, denn er ist extra leise, während er die Tür öffnet.
„Was ist mit ihm?", höre ich Timo fragen.
War ja klar, dass dieser Spinner uns wieder nerven muss.
„Er schläft, glaube ich", antwortet Erik leise.
Sie flüstern und ich habe Mühe, sie zu verstehen.
„Bist du dir sicher, dass du hier bei ihm schlafen willst? Hast du keine Angst?", fragt Timo und ich verdrehe die Augen.

Lukas: Erik wird es lieben, keine Sorge...

„Ich kriege das schon hin. Er hat sich wieder beruhigt."
„Okay, aber wenn etwas ist, kommst du rüber, ja? Oder du schreist ganz laut."
Ich balle meine Hände zu Fäusten und bin kurz davor, zu ihm zu stürmen.
„Er macht nichts. Warum auch? Du machst dir zu viele Sorgen."
Ich lächle leicht. Erik ist toll.
„Wir können ihn doch überhaupt nicht einschätzen!", zischt Timo. „Lia hat er auch aus heiterem Himmel angegriffen! Ihr nehmt das einfach nicht ernst genug."
Ich bin mir nicht sicher, ob Erik antwortet. Ich höre zumindest nichts.

„Ich sage ihr permanent, sie soll sich von ihm fernhalten… Ihr tut einfach so, als wäre nichts passiert, dabei wissen wir immer noch nicht, was überhaupt los war!"
„Ich glaube, wir sollten ihn nicht belasten. Er braucht sicher noch etwas Ruhe, bevor er mit uns reden kann. Ich habe auch Angst um Lia, glaub mir, und ich habe ihn die ganze Zeit im Auge, aber es bringt nichts, ihn das so spüren zu lassen. Wir sollten ihm… Vertrauen vermitteln, auch wenn ich ihm keinen Meter traue."
Ich spüre, wie mir Tränen in die Augen treten. Er meint es nur gut, aber ich fühle mich wie ein Gefangener. Sie behandeln mich, als wäre ich krank oder ein kleines Kind, auf das man aufpassen muss, da es sonst Blödsinn macht.
„Ich glaube, man muss ihm klare Grenzen aufzeigen. Vielleicht plant er irgendetwas. Wir müssen ihm zeigen, dass er sich nicht alles erlauben darf", sagt Timo.

Sue: Als wärst du in deinem Zustand in der Lage, irgendetwas zu planen…

Sie hat Recht. Ich kann nicht einmal von heute auf morgen planen.
„Du übertreibst. Er ist einmal ausgerastet, weil ihn irgendetwas aufgebracht hat. Das ist alles."
„Wenn du meinst… Gute Nacht. Wir sind direkt nebenan."
„Gute Nacht!"
„Pass auf dich auf!"
„Mach ich!"

Ich höre, wie er die Tür schließt und zurück ins Zimmer kommt. Er legt sich zu mir ins Bett und macht das Licht aus. Ich atme tief durch und versuche, einzuschlafen.

*

Ich wache am nächsten Morgen auf, als Erik mich sanft weckt. Er hat noch feuchte Haare, woraus ich schließe, dass er wieder schwimmen war. Ich habe es nicht mitbekommen. Seufzend stehe ich auf und beginne, mich fertigzumachen. Erik redet kein Wort mit mir, aber ich habe nicht das Gefühl, dass er mich ignoriert. Als ich mich im Bad im Spiegel betrachte, erkenne ich mich im ersten Moment kaum wieder. Ich bin noch blasser als sonst und habe tiefe Augenringe. Meine Erinnerungen vom Vortag kommen hoch und mir wird schlecht. Ich fange an, schneller zu atmen und raufe mir panisch die Haare. Während ich schlucke, spüre ich, wie mir Tränen in die Augen steigen. Ich wende meinen Blick vom Spiegel und verlasse schnell das Bad.
„Levi?", fragt Erik.
Zuerst geht er einen Schritt von mir weg und mustert mich verwirrt. Ich lasse meine Hände sinken und sehe ihn traurig an.
„Ich bin ein Monster!", sage ich kopfschüttelnd. „Was habe ich nur getan?"
Er sieht mich unsicher an. Wahrscheinlich weiß er nicht, wie er mit mir umgehen soll. Ich weiß es selbst nicht. Seufzend streiche ich mir die Tränen aus den Augen und beruhige mich wieder.

Heinz: Hör auf zu flennen! Du hast alles richtig gemacht!

„Alles okay?", fragt Erik.
Ich nicke.
„Geht schon", antworte ich und greife mir meine Sonnenbrille vom Schreibtisch.
Vielleicht sollte ich einfach aufhören, dagegen anzukämpfen.
Wir gehen raus und klopfen bei Lia und Timo. Sie sind zum Glück auch schon fertig, sodass wir zum Frühstück gehen können. Lia geht auf dem Weg neben mir, aber Timo ist direkt hinter uns und lässt mich nicht aus den Augen.
„Na, geht es dir besser?", fragt sie mich.
Ich lächle.
„Ja, ich habe gut geschlafen, auch wenn ich noch etwas müde bin."
„Du kannst dich gleich auf der Liege noch etwas ausruhen", sagt sie.

*

Die Stimmung beim Frühstück ist angespannt. Ich schweige fast die ganze Zeit und sehe auf mein Essen. Lia sitzt mir gegenüber und sieht mich ab und zu entspannt an. Sie macht den großen Fehler, mir zu vertrauen. Erik sitzt neben mir und lächelt mich ab und an aufmunternd an. Lediglich Timo sieht mich an, als wollte er mich umbringen.
Ich habe zwar keinen Hunger mehr, aber stehe trotzdem auf und hole mir noch etwas, weil ich es

kaum ertrage, mit ihnen hier an einem Tisch zu sitzen.
Am Buffet stößt mich das Essen aber so sehr ab, dass
ich mir nur Orangensaft nehme und wieder zum Tisch
zurückkehre. Kaum bin ich zurück, verstummen ihre
Gespräche. Ich hasse es.
„Ist etwas?", frage ich.
Timo räuspert sich.
„Wir gehen heute einkaufen", erklärt er.
„Oh, cool, ich wollte mir sowieso Feuchtigkeitscreme
holen", sage ich und betrachte meine trockenen Arme.
Ich versuche, mich möglichst normal zu verhalten.
„Nein, Lia und ich gehen, du bleibst hier."
Timos Tonfall gefällt mir gar nicht. Ich nehme meine
Sonnenbrille ab und sehe zwischen den dreien hin und
her.
„Was?"
„Du solltest dich noch ein bisschen ausruhen", sagt Lia
mit sanfter Stimme.
„Aber…"
„Ich bleibe bei dir", wirft Erik ein. „Wir machen uns
hier einen schönen Tag."
Ich blicke kopfschüttelnd auf den Tisch.
„Was soll ich denn noch machen, damit du dich wieder
einkriegst? Ich habe mich entschuldigt", lüge ich. „Ich
habe dir versichert, dass so etwas nicht noch einmal
vorkommt. Was soll ich machen?"
Er scheint nicht eine Sekunde verunsichert.
„Halt dich von Lia fern", sagt er kalt.
Ich stehe vom Tisch auf.
„Du kannst mich mal", erwidere ich und gehe
Richtung Zimmer los.

Doch nach wenigen Metern kommt mir Lia schon hinterher. Sie hält mich an der Schulter fest und ich muss mich zusammenreißen, ihre Hand nicht wegzuschlagen.
„Timo meint es nicht so", sagt sie. „Er kann nicht damit umgehen. Er hat Angst um mich… unbegründet natürlich."
Ich sehe hinter ihr zu Timo und Erik, die uns genau beobachten.
„Sei ihm bitte nicht böse. Er meint es nur gut", fügt Lia hinzu.
Ich nicke und sie nimmt mich in den Arm.
„Er muss keine Angst haben", nuschle ich.
Sie löst sich und lächelt mich an.
„Ich weiß. Ruh dich heute schön aus, ja? Morgen gehen wir zusammen an den Strand."
Ich nicke, dabei höre ich ihr gar nicht mehr zu. Wortlos drehe ich mich um und gehe alleine zurück zu unserem Zimmer.

Heinz: Jetzt entzieht er dir deine Freundin. Willst du dir das gefallen lassen?

Marie: Sieh es doch positiv: Wir verbringen den ganzen Tag alleine mit Erik. Nur du und er.

Sue: Damit er unser Babysitter sein kann.

Die anderen bleiben zurück, aber ich denke gar nicht an sie. Noch nie waren sie mir so egal wie jetzt. Ich sehe in den Spiegel und schäme mich zum ersten Mal seit langem nicht für das, was ich bin. Wenn Timo es so will, dann bekommt er eben den wahren Levi. Ich habe keine Lust mehr, es zu verdrängen.

4. Ziel erreicht:

Ich genieße den Tag mit Erik so gut ich kann. Wir liegen am Pool, wo er viel liest. Doch dann beschließt er, sich ein bisschen mit mir zu beschäftigen und wir reden und lachen. Mit ihm allein werde ich tatsächlich wieder etwas lockerer und entspanne mich. Er bevormundet mich nicht und tut zumindest so, als hätte er keine Angst vor mir. Wir gehen schwimmen und am Abend spielen wir Minigolf, das besonders lustig ist. So viele Runden haben wir Golf auf dem Computer gegeneinander gespielt, aber in echt ist es irgendwie schwieriger. Was mir nicht gefällt, ist, dass Erik dabei versucht, mich auszufragen.
„Darf ich dich mal was fragen?", fragt er zuerst ganz harmlos.
Ich antworte nicht, sondern sehe ihn misstrauisch an.
„Was war gestern los?", fragt er.
Ich betrachte meinen Golfschläger nachdenklich.

Lukas: Damit kann man jemandem ganz dolle wehtun…

„Levi?", fragt Erik nach.
Ich sehe auf und lächle.
„Wir haben alle unsere schwachen Momente, oder?"
Er zögert.
„Aber jetzt geht es dir wieder besser?"
Besser als je zuvor. Ich nicke lächelnd.
„Ich bin den ganz Tag bei dir. Was könnte es Besseres geben?"
Er wird leicht rot und widmet sich dann wieder seinem Golfball, den er nach über zehn Schlägen

immer noch nicht versenkt hat. Ich sehe mich seufzend auf dem Golfplatz um. Es ist so viel entspannter jetzt.

*

Nach unserer Golfrunde gehen wir zurück zum Zimmer. Auf dem Weg treffen wir Lia und Timo. Während er Erik beiseite nimmt und ihn bestimmt über den Tag mit mir ausfragt, erzählt mir Lia ganz begeistert, was sie alles gekauft und gesehen hat. Ich höre ihr interessiert zu und stelle an den richtigen Stellen Nachfragen. Nachdem wir uns alle fertig gemacht haben, gehen wir essen. Timo ignoriert mich die ganze Zeit über und Lia erzählt alles noch einmal für Erik. Ich habe kaum Hunger und esse nur eine kleine Portion Nudeln und etwas Eis.
Am nächsten Morgen brechen wir auf Lias Wunsch, früh zum Strand auf. Auf der Busfahrt fange ich an, mich zu fragen, warum eigentlich alles in diesem Urlaub nur für Lia ist.

Marie: Ihr mögt sie doch alle so gerne. Dann könnt ihr ihr doch diesen Gefallen tun.

Heinz: Die sollen sich gefälligst nach dir richten! Keiner braucht Lia. Vielleicht können wir sie heute endlich die Klippe herunterschubsen.

Sue: Nach dem, was du getan hast, ist klar, dass sich alle um sie kümmern.

Der Strand ist genauso hässlich wie beim letzten Mal. Ich hasse es und würde am liebsten mit Erik in unser Zimmer gehen. Ihn hier in Badehose zu sehen, bringt mich fast um den Verstand und sorgt für ziemlich heißes Kopfkino. Nur ein lästiges Kleidungsstück, das ich ihm entfernen müsste…

Lukas: Ich weiß schon ganz genau, wie ich es tun will…

Marie: Nein, sei zärtlich und liebevoll! Du liebst ihn doch und willst, dass es ihm auch gefällt.

Ich schüttle den Kopf und konzentriere mich darauf, Liegen für uns vier zu finden. Lia ist gerade zur Toilette gegangen und Timo und Erik holen Getränke für uns alle von der Strandbar. Endlich habe ich ein paar Liegen gefunden und lege unsere Handtücher darauf. Da kommen sie auch schon zurück. Lia trinkt ihre Cola in einem Zug aus und macht sich dann direkt auf den Weg zum Wasser.
Erik sieht ihr dabei hinterher und beißt sich dabei auf die Unterlippe. Wie kann Timo denn schon wieder nicht bemerken, dass Erik seiner Freundin auf den Hintern schaut? Ich sehe zu ihm. Er befestigt sein Handtuch gerade an seiner Liege. Kopfschüttelnd setze ich mich und beobachte Erik, der jetzt zu Lia ins Wasser geht. Für meinen Geschmack verstehen sich die beiden eindeutig viel zu gut. Wie er ihr an die Hüfte fasst und sie festhält! Sie lachen und albern herum.
Ich stehe auf und gehe zu dem Steg, an dem ich zwei Tage zuvor schon gesessen habe. Wieder setze ich mich

an den Rand und sehe auf das Meer hinaus. Es
beruhigt mich und lenkt mich von Lia und Erik ab.

*Marie: Da läuft bestimmt nichts. Er liebt dich mit Sicherheit
auch. Du siehst doch, wie er mit dir umgeht.*

Timo setzt sich plötzlich neben mich. Er knetet nervös
seine Hände und überlegt wohl, wie er dieses
Gespräch beginnen soll.
„Du bist brauner geworden", sagt er und ich
schmunzle leicht.
„Danke. Wir waren gestern viel in der Sonne."
Er nickt.
„Ja, Erik ist ein guter… Wir haben schon tolle
Freunde."
Timo macht eine kleine Pause.
„Weißt du… Lia hat sich so sehr auf diesen Urlaub
gefreut. Ich habe gedacht, dass du… na ja… es ihr
ruiniert hättest, verstehst du?"
Ich sehe ihn an, reagiere aber nicht.
„Es tut mir leid, wie ich mit dir umgegangen bin. Ich
weiß, ich hätte anders reagieren sollen, aber ich war
überfordert. Wenn du Probleme hast, dann stehen wir
dir bei. Du kannst jederzeit mit uns reden, wenn dich
etwas belastet."
Er sieht mich abwartend an, als erwarte er eine
Reaktion von mir, aber ich wende nur den Blick ab.
„Na ja, also wenn du jemandem zum Reden brauchst,
kannst du jederzeit zu mir kommen… oder zu Erik
oder Lia, wenn du das willst."
Timo steht auf und ich bleibe alleine auf dem Steg
sitzen.

Marie: Das ist aber lieb von ihm.

Heinz: Er ist ein Heuchler. Nichts anderes. Glaub ihm kein Wort!

Sue: Na ja, vielleicht hat Lia ihm wirklich den Kopf gewaschen. Wir wissen doch alle, dass er nichts wäre ohne sie.

Nach ein paar Minuten gehe ich zurück zu den anderen. Erik wickelt Lia gerade in ein Handtuch und rubbelt sie trocken. Ich schüttle ganz leicht den Kopf und setze mich auf meine Liege. Als ich wieder zu Erik sehe, lächelt er mich aufmunternd an.
„Alles in Ordnung?", fragt er.
Ich nicke.
„Alles gut."

*

Nach Timos Entschuldigung war die Stimmung bei uns besser. Alle scheinen ein bisschen entspannter und wir verbringen die nächsten zwei Tage damit, Spiele zusammen zu spielen. Sei es nun Schweinchen-in-der-Mitte im Pool, Stadt-Land-Fluss auf den Liegen oder Kartenspiele nachts auf dem Zimmer. Abends sehen wir uns Shows des Hotels an und trinken Cocktails. Am letzten vollen Tag des Urlaubs darf ich sogar entscheiden, was wir machen. Auf meinen Wunsch gehen wir alle einkaufen. Ich weiß zwar, dass man hier handeln muss, aber bei den Preisen einiger Verkäufer platzt mir ein paar Mal fast der Kragen. Erik mischt sich zum Glück ein und hält mich davon ab, den ein oder anderen körperlich anzugehen. Es ist trotzdem irgendwie schön.

Nun ist es abends an unserem letzten vollen Tag und ich bin mit Erik alleine in unserem Zimmer, wo wir uns fürs Abendessen fertigmachen. Ich beschließe spontan, dass das der perfekte Moment ist, um ihm näher zu kommen.

„Komm in meinen Laden, du musst auch nur gucken, nichts kaufen", ahmt er einen Verkäufer nach.

Ich lache auf.

„Ja, genau, weil es ihm auch so viel bringt", sage ich.
Erik steht vor dem Kleiderschrank und wühlt darin herum. Ich nähere mich ihm von hinten.

„Oh, man", sagt er. „Da habe ich so viel gekauft und finde trotzdem nichts zum Anziehen."

Ich lege ihm meinen Kopf von hinten auf die Schulter und lege meine Hände an seine Hüfte. Sofort wird er nervös.

„Geh doch einfach oberkörperfrei", schlage ich ihm vor.

„Ich glaube nicht, dass sie mich so in die Restaurants lassen würden", erwidert er und lacht nervös.

Ich schiebe meine Hände unter sein T-Shirt und fahre ihm sanft über die Haut. Er verspannt sich. Gerade als ich ihm einen liebevollen Kuss in den Nacken drücke, fasst er nach meinen Händen und nimmt sie von seinem Körper. Erik dreht sich um und sieht mich mit einem entschuldigenden Lächeln an, bevor er zügig im Bad verschwindet. Ich bleibe fassungslos stehen und versuche, zu begreifen, was gerade passiert ist.

Sue: Was passiert ist? Du hast einen Korb bekommen.

Heinz: Was fällt ihm ein, uns abzuweisen? Hau ihm eine herunter, dann lernt er es vielleicht!

Lukas: Dabei haben wir doch so nett angefangen…

Ich kratze mir unruhig über die Arme. Das lief gar nicht nach Plan. Vielleicht muss ich wirklich härtere Geschütze auffahren.

*

Erik schweigt über das, was zwischen uns passiert ist. Er entschuldigt sich nicht, aber er sagt mir auch nicht, dass er nichts von mir will. Besser für ihn. Beim Essen scherzt er mit Lia und Timo und ab und zu scherze ich mit ihnen. Es fühlt sich ein bisschen an wie bei unseren Spielen. Da sitze ich allerdings nur vor dem Computer und habe noch genügend Abstand zu Erik.
Ich esse heute ziemlich gut. Es gibt leckeres gebratenes Gemüse, wovon ich eine ganze Menge zu mir nehme. Auch das frische Rindfleisch hat es mir angetan. Ich weiß nicht, warum ich heute besser esse als sonst. Irgendwie habe ich ein gutes Gefühl.
Als ich fertig bin, stehe ich noch einmal auf, um mir Nachtisch zu holen. Der Kuchen am Buffet wird auch nach einigen Minuten Anstarren nicht appetitlicher, deshalb mache ich mich auf den Weg zum Eis. Die Schlange ist allerdings so lang, dass ich doch wieder zurück zu unserem Tisch gehe. Hier sitzt nur noch Timo.

„Wo sind Erik und Lia?", frage ich.
„Die wollten Eis essen", antwortet er und isst seinen dritten Teller.
Ich stutze und denke zurück an die Schlange. Weder Erik noch Lia habe ich dort gesehen und sie wären mir bestimmt aufgefallen. Plötzlich beschleicht mich ein ganz ungutes Gefühl.

Heinz: Worauf wartest du? Such sie gefälligst!

„Ich hole mir noch etwas zum Trinken", sage ich schnell und drehe mich wieder um.
Als erstes gehe ich wieder zum Eisstand, aber sie sind tatsächlich nicht hier. Ich sehe mich ein bisschen in der Umgebung um und laufe um das Gebäude herum. Ich finde sie dahinter in einer Ecke. Sobald ich sie entdecke, trifft mich der Schlag.
Erik und Lia knutschen. Sie hat ein Bein um seine Hüfte gelegt, um ihn näher an sich zu ziehen, und fährt ihm mit den Händen durch die Haare. Seine Hand liegt auf ihrem Hintern, den er genüsslich knetet. Es scheint ihr zu gefallen, denn sie legt den Kopf in den Nacken und stöhnt leise. Erik legt seine Lippen daraufhin an ihren Hals und küsst sie weiter.

Sue: Das kommt unerwartet, obwohl du es dir eigentlich hättest denken können, so wie sie sich verhalten haben.

Heinz: Beende sie endlich! Sie legt es doch darauf an!

Lukas: Ja! Ich will Blut sehen!

Heinz: Zeig ihnen, wozu du in der Lage bist! So können sie nicht mit dir umgehen!

Marie: Aber sie sind deine Freunde. Du solltest dich vielleicht einfach raushalten.

Sue: Oder sag es einfach Timo. Dann löst er das Problem für uns.

Ich lache auf, wodurch Lia sich erschreckt und Erik von sich stößt. Sie sieht mich panisch an und schluckt.
„Levi…"
Erik fährt sich über das Gesicht und versucht, seinen schnellen Atem zu beruhigen. Er sieht mich abwartend an.
„Bitte…", fleht Lia. „Sag es nicht Timo."
Ihre Stimme ist kaum mehr als ein Flüstern. Ich grinse nur breit. Erik fängt sich langsam wieder und verschränkt die Arme vor der Brust.
„Was willst du?", fragt er.
Ich sehe ihn fragend an.
„Was müssen wir tun, damit du nichts sagst?"
Ich lege nachdenklich eine Hand ans Kinn und sehe zur Seite. Natürlich weiß ich es schon ganz genau, aber ich will sie ein bisschen ärgern. Lias Blick, so voller Angst und Panik, ist köstlich.

Lukas: Auf jeden Fall.

„Wenn ich Timo wirklich nichts sagen soll… Dann musst du alles machen, was ich will", sage ich zu Erik und lächle.

Er kneift die Augen zusammen und denkt nach. Ich weiß, dass er versuchen will, zu verhandeln, aber ich sitze hier am längeren Hebel.
„Für den Rest des Urlaubs?"
Ich lache laut auf.
„Nein."
„Für eine Woche."
Ich schüttele grinsend den Kopf.
„Zwei?"
Das wird mir zu albern.
„So lange, wie ich euer Geheimnis eben geheim halten soll."
Erik schnaubt auf.
„Niemals."
Lia sieht verzweifelt zwischen uns beiden hin und her. Ich bleibe ganz ruhig und lege eine Hand an mein Ohr.
„Hört ihr das?", frage ich. „Ich glaube, Timo ruft mich. Ich gehe mal zurück zum Tisch…"
Damit drehe ich mich um und gehe ein paar Schritte.
„Nein!", schreit Lia und rennt mir nach.
Sie hält mich an der Schulter fest. Ich drehe mich ruckartig zu ihr um.
„Fass mich nicht an!", zische ich wütend.
„Entschuldigung, Entschuldigung…", sagt sie schnell und geht einen Schritt zurück. „Bitte sag Timo nichts! Ich mache auch alles, was du willst!"
Kleine Tränen der Verzweiflung laufen ihr die Wangen herunter.
„Dich will ich nicht, sondern ihn", sage ich und deute auf Erik, der uns mit verschränkten Armen betrachtet.
„Ihn musst du überzeugen."

Sie wendet sich von mir ab und nähert sich ihm langsam.
„Erik...", sagt sie leise.
Er runzelt die Stirn.
„Das ist nicht dein Ernst, Lia. Das kannst du nicht von mir verlangen."
„Timo darf davon nichts erfahren. Das weißt du doch! Bitte... Tue es für mich... Was kann er denn schon groß wollen?"

Lukas: Sie unterschätzt uns gewaltig.

„Lia...", murmelt Erik.
„Bitte. Stell dir doch mal vor, er erzählt es Timo. Ich würde es ihm zutrauen."
Erik sieht zu mir, als würde er versuchen, mir anzusehen, ob ich bluffe. Ich grinse ihn nur an.
„Okay, ich mache es."
Ich lache und gehe zu ihm.
„Das freut mich ja so sehr!", sage ich und nehme ihn kurz in den Arm.
Er seufzt und sieht zu Lia.
„Danke, ich schulde dir etwas", sagt sie.
Erik sieht sie an und nickt.
„Kommt, jetzt lasst uns Eis essen!", sage ich und gehe voraus zum Eisstand, vor der sich die Schlange mittlerweile gelegt hat. Erik und Lia trotten hinter mir her. Ich drehe mich zu ihnen um. Sie berühren sich nicht und reden auch nicht. Gut so.
Danach gehen wir zurück zu unserem Tisch, an dem Timo sitzt und wartet.
„Wo wart ihr denn so lange?", fragt er verwirrt.

Wir setzen uns hin. Ich grinse breiter als je zuvor.
„Es war sehr voll", erkläre ich. „Und Lia konnte sich absolut nicht entscheiden, welche Sorte sie will. Der Typ hat ihr jede Sorte auf einem kleinen Löffel zum Probieren gegeben."

Sue: Hoffentlich wissen sie zu schätzen, wie du dich für sie bemühst.

Timo mustert seine Freundin.
„Alles okay? Hast du geweint?", fragt er.
Sie kann nicht so gut schauspielern wie ich, aber das ist nicht mein Problem.
„Ja, also nein, ich habe nur irgendetwas ins Auge bekommen. Vielleicht reagiere ich auch auf irgendeine Pflanze hier allergisch. Ich weiß es nicht...", stammelt sie.

Heinz: Sie soll sich mal zusammenreißen! Dumme Heulsuse!

Erik mustert mich von der Seite. Ich sehe ihn an und lächle, daraufhin wendet er den Blick ab und isst sein Eis weiter.
Als wir fertig sind, machen wir uns auf dem Weg zurück zu unseren Zimmern. Während Timo und ich uns über das Essen hier insgesamt unterhalten, sind Erik und Lia seltsam still und sehen sich nur ab und zu an. Sie haben wohl immer noch Angst, ich könnte Timo von ihrer Liebschaft erzählen, dabei sind ihre Sorgen vollkommen unbegründet. Ich meine, warum sollte ich das tun? Was habe ich davon, Timo die

Wahrheit zu sagen? So habe ich Erik endlich für mich und bin überglücklich.
„Wollen wir uns noch nach draußen setzen?", fragt Timo, als wir vor der Zimmertür stehen.
„Wir reisen morgen ab und sollten uns dafür ausruhen", antwortet Lia und öffnet schon die Tür.
Ich schüttle den Kopf. Sie will mich von Timo fernhalten.
Erik wirft ihr einen wütenden Blick zu.

Heinz: Er will nicht mit uns aufs Zimmer. Dafür solltest du ihn ordentlich bestrafen.

„Na dann, gute Nacht!", sage ich fröhlich und öffne unsere Zimmertür.
Erik kommt mir widerwillig nach und schließt die Tür hinter sich. Anstatt wirklich ins Zimmer zu kommen, bleibt er an der Tür stehen. Ich lache nur und lasse ihm seine Zeit, bis er reinkommt und etwas trinkt.
Wir machen uns fürs Bett fertig, wobei wirkt Erik ungewohnt nervös wirkt. Als er sich zu mir legt, wirkt er ziemlich angespannt. Er schluckt einmal, bevor er zu mir sieht.
„Was… genau möchtest du jetzt von mir?", fragt er und wartet gespannt auf meine Antwort.
Ich überlege einen Moment.
„Ich glaube, heute möchte ich nur ein bisschen mit dir kuscheln", sage ich lächelnd.
„Aber… ich wollte noch ein bisschen lesen", erklärt er.
„Dann lies mir etwas vor!"
Er zögert, nimmt das Buch in die Hand und schwenkt es nachdenklich.

„Okay", sagt er.
Erik schlägt das Buch auf und fängt an, mir ein paar Seiten vorzulesen. Ich schließe die Augen und genieße den Klang seiner Stimme. Nach einiger Zeit hört er auf und sieht mich an. Er denkt wohl, dass ich schlafe. Nachdem er das Licht ausgemacht und sich hingelegt hat, sage ich:
„Dann können wir ja jetzt kuscheln."
Ich schmiege mich an ihn und lege einen Arm um seinen Oberkörper. Erik seufzt.
„Wie war das?", frage ich ernst.
„Nichts, nichts...", antwortet er schnell und kuschelt sich jetzt auch an mich.
Ich lächle zufrieden.

Heinz: Endlich hast du es geschafft und dich mal durchgesetzt! Jetzt nutze es und tu das, was du schon lange willst!

Lukas: Ich habe schon so viele Ideen... Das wird großartig. Stell es dir vor: Erik gefesselt in deinem Bett. Du stehst über ihm, siehst seine Tränen und wie er sich vor Schmerzen windet. Sein schmerzerfülltes Stöhnen durchströmt den Raum... und dann schnappst du ihn dir endlich. Du willst es doch!

Marie: Das ist doch grauenhaft!

Lukas: Ihm gefällt es bestimmt auch.

Marie: Wem würde das denn gefallen?

Heinz: Halt endlich die Klappe! Meine Methode hat ihn an diesen Punkt gebracht! Jetzt nutz es und hab Spaß!

Lukas: Ja! Spaß! Spaß! Spaß!

Sue: Du solltest es langsam angehen, sonst beendet er es und sagt Timo doch die Wahrheit.

Heinz: Selbst, wenn. Dann zwingen wir ihn weiter dazu, mit uns zusammen zu sein.

Marie: Als wäre das so einfach…

Heinz: Was hatte ich dir gesagt? Misch dich nicht ein! Du hast versagt. Mit deiner Art kam er das ganze Jahr nicht voran. Sich einfach mal durchsetzen und hart bleiben. So hat er es geschafft!

Marie: Ich weiß nicht, was ich dazu sagen soll…

Heinz: Dann schweig endlich!

Ich kuschle mich noch enger an Erik und versuche, sie auszublenden, bis ich mit einem Lächeln auf den Lippen einschlafe.

*

Ich wache wieder auf, als Erik versucht, sich aus meinem Griff zu befreien.
„Hey", nuschle ich und ziehe ihn wieder an mich.

„Ich wollte schwimmen gehen...", flüstert er. „Darf ich?"

Seufzend lasse ich ihn los und drehe mich auf die andere Seite.

„Danke", flüstert er.

Ich höre, wie er sich fertigmacht.

„Die Badezimmertür ist kaputt, man kann nicht mehr abschließen. Müssen wir nachher mal Bescheid sagen", sagt er leise.

Ich nicke, um zu zeigen, dass ich ihn gehört habe. Dann verlässt er das Zimmer und ich habe noch eine halbe Stunde, um zu schlafen, bevor er zurückkommt. Wie schon die ganze Nacht träume ich von Erik und fühle mich wohl. Ich sehe ihn, wie er in der Küche steht und für uns beide kocht.

Ich werde wieder wach, als ich höre, wie Erik die Terrassentür wieder aufschiebt. Sofort setze ich mich auf und beobachte ihn, wie er ins Zimmer kommt. Er ist noch ziemlich nass und die Haare hängen ihm in die Stirn. Als er meinen Blick bemerkt, stockt er.

„Ich... gehe mich mal abduschen", sagt er und verschwindet schnell im Bad.

Ich sehe ihm nach und mir kommt eine Idee.

Marie: Nein, lass ihm bitte wenigstens etwas Privatsphäre.

Ich ignoriere sie und gehe zügig und breit grinsend ins Badezimmer zu meinem Schatz. Als die Tür zufällt, erschreckt er und bedeckt sofort seinen Schritt.

„Levi...", murmelt er.

Ich beginne lächelnd, mich zu entkleiden. Er sieht die ganze Zeit über auf den Boden und rührt sich nicht.

Als ich zu ihm in die Dusche steige, dreht er sich von mir weg.
„Das ist mir unangenehm…", murmelt er unsicher.
„Du musst dich nicht schämen", sage ich und streiche ihm über die nassen Arme. Ich hauche ihm einen Kuss in den Nacken und er bekommt eine Gänsehaut. „Du bist wunderschön."
Ich greife nach dem Duschgel und verteile etwas in meiner Hand.
„Ich fühle mich trotzdem nicht wohl", sagt er leise.

Heinz: Er soll endlich aufhören, den Moment kaputt zu machen! Ein Schlag auf den Hintern sollte ihm eine Lehre sein.

Ich seufze auf.
„Entspann dich einfach."
Ich verteile das Duschgel auf seinem Rücken und fange an, ihn einzuseifen und dabei auch ein wenig zu massieren. Anfangs ist er noch sehr angespannt, aber nach einer Weile entspannt er sich langsam. Ich greife um seinen Oberkörper und wasche seine Brust und seinen Bauch, bevor ich mich den Armen widme.
„Den Rest schaffst du alleine, oder?", frage ich scherzhaft, da ich mich selbst auch noch waschen muss.
„Ja", sagt er erleichtert. „Äh… danke?"
Ich schmunzle.
„Gerne doch", sage ich und gebe ihm einen Kuss auf die Wange.

Ich wasche mich selbst, aber beobachte dabei immer noch Erik, der meinem Blick die ganze Zeit über ausweicht. Süß.
Viel zu schnell ist er fertig und verlässt hochrot die Dusche. Seufzend beeile auch ich mich und als ich wieder herauskomme, ist Erik schon komplett angezogen. Seine Haare sind noch leicht feucht, deshalb geht er noch einmal ins Bad und föhnt sie. In der Zeit ziehe ich mich an. Als er wieder herauskommt, gehe ich mir die Haare föhnen.
„Bist du fertig?", frage ich, während ich wieder ins Zimmer komme.
Erik sitzt gerade auf dem Bett und sieht gedankenverloren auf den Boden. Er nickt leicht.
„Sprichst du nicht mehr mit mir?", frage ich, während ich die Terrassentür schließe.
„Doch!", antwortet er schnell und steht auf.
Er seufzt.
„Gib mir etwas Zeit, ja?"
Ich gehe zu ihm und sehe ihn an. Ein breites Lächeln erscheint auf meinem Gesicht und ich streiche ihm zart über die Wangen. Dann schließe ich ihn in eine Umarmung. Er zögert, bevor er vorsichtig seine Hände an meinen Rücken legt.
„Levi?"
Ich löse mich wieder und gehe zu unserem Safe, um mein Handy herauszuholen.
„Was genau erwartest du von mir? Willst du, dass ich mit dir… zusammen bin? Und… liebst… du mich? Ich meine, wir sind schon so lange befreundet und auf einmal… machst du solche Dinge. Ich verstehe das nicht", sagt Erik.

Ich hole mein Handy heraus und schalte es an. Als ich die Uhrzeit sehe, schrecke ich auf.
„Oh, wir müssen los", sage ich.
Ich packe es wieder weg und lächle ihn an.
„Wir wollen doch nicht das Frühstück verpassen. Timo und Lia warten bestimmt schon."
Er sieht mich einen Moment stumm an, dann kommt er mit mir hinaus. Ich gehe zu Lia und Timo und klopfe an ihrer Tür. Nach wenigen Sekunden öffnet mir Lia.
„Guten Morgen!", sage ich fröhlich und lächle sie an.
Sie sieht über meine Schulter zu Erik, dann hinter sich und kommt schließlich heraus. Bevor Timo kommt, geht sie schnell zu Erik und umarmt ihn.
„Alles gut?", fragt sie leise, aber ich kann es trotzdem hören.
„Ja, geht schon, aber ich muss dir etwas erzählen."
„Okay, machen wir."
Timo kommt heraus und ich begrüße auch ihn glücklich. Während wir zum Frühstück gehen, kriege ich mein Lächeln nicht mehr von meinen Lippen.
„Was ist denn mit dir los, dass du so gute Laune hast?", fragt Timo lachend.
Lia und Erik sehen sich an, schweigen jedoch.
„Ach, ich habe nur schön geträumt."
Ich zwinkere Erik zu, doch er wendet den Blick ab.
„Freut mich, dass es dir wieder besser geht", sagt Timo noch.
Beim Frühstück esse ich wenig, aber es ist mir egal. Ich habe keine Lust, also esse ich eben nichts. Ich werde mich nie wieder dazu drängen, etwas zu essen, wenn ich nicht will. Die Sonne scheint heute noch heller zu

scheinen als sonst, als wollte sie mir sagen, dass ich alles richtig mache und jetzt meine Zeit beginnt.

Heinz: Natürlich machst du alles richtig. Jetzt musst du Erik nur beibringen, wie es ab jetzt läuft.

Marie: Aber wir lieben ihn doch gerade für seine eigene Art, sein Verhalten. Willst du ihn wirklich verändern?

Heinz: Natürlich. Wir machen ihn schön gefügig, sodass wir ihn genießen können.

„Ich hole mir noch einen Donut", sagt Erik und sieht ziemlich auffällig zu Lia.
„Oh, ich komme mit. Ich wollte auch noch einen", erwidert sie schnell und steht mit ihm auf. Gemeinsam gehen sie.
Ich schüttle den Kopf. Wie kann es eigentlich sein, dass Timo nichts von dem mitbekommt, das in seiner Umgebung abläuft? Egal, nicht mein Problem.

*

Der letzte Tag ist der glücklichste für mich. Ich kriege das Lächeln kaum von den Lippen und genieße das Ballspielen im Pool noch mehr als sonst. Beim Mittagessen esse ich nichts und das vollkommen ohne schlechtes Gewissen. Ich höre den Stimmen in meinem Kopf den ganzen Tag über zu, ohne sie zu verdrängen oder dazu aufzufordern, leise zu sein. Es ist alles so viel leichter, wenn man nicht dagegen ankämpft,

sondern es einfach zulässt. Ich mache mir keinen Kopf mehr. Es ist mir egal.
Während des Fluges halte ich ab und zu Eriks Hand. Er wirkt genervt, aber das interessiert mich nicht. Solange er sich nicht wehrt, lasse ich es ihm durchgehen. Vorerst.

5. Distanz:

Die Zeit zu Hause scheint schneller zu vergehen als im Urlaub. Natürlich denke ich jeden Tag, jede Minute an Erik und warte darauf, dass er sich meldet, was nicht der Fall ist. Auch von Lia und Timo habe ich außer einer Nachricht, sie seien gut angekommen, nichts mehr gehört. Ich habe nicht viel Zeit, mich damit wirklich auseinanderzusetzen. Ich arbeite viel, schiebe viele Überstunden, um mich bestmöglich hocharbeiten zu können.
Eine Woche nach dem Urlaub schreibe ich Lia an, ob sie Lust haben, mal wieder mit mir und Erik zu zocken. So wie sonst auch eben. Ihre Antwort kommt schnell: Sie müssten sich jetzt stark auf ihr Studium konzentrieren. Prüfungen und so. Ich schreibe Erik auch an, ob wir mal etwas spielen wollen. Seine Antwort ist fast dieselbe: Er hätte einiges zu tun und man müsste das ja dann auch mit Lia und Timo absprechen. Es ist frustrierend.

Heinz: Er soll gar nicht versuchen, dir aus dem Weg zu gehen! Wenn er das versucht, gehen wir sofort zu Timo!

Marie: Bestimmt haben sie wirklich nur viel zu tun. Es liegt sicher nicht an dir.

Heinz: Wenn sie Timo schon so hintergehen, müssen wir mit allem rechnen. Aber dafür werden sie büßen.

Sue: Guck doch einfach im Internet nach, wann ihre Prüfungsphasen sind. Dann weißt du es doch.

Ich seufze frustriert und sehe mich in meiner Wohnung um. Das Geschirr stapelt sich schon wieder auf der Spüle, Klamotten fliegen überall herum, genau wie Pizzakartons und offene Chipstüten. Man könnte sagen, ich müsse mal wieder aufräumen, aber es interessiert mich gar nicht. Ich interessiere mich für Erik und nur für ihn.
Seufzend lasse ich mich aufs Sofa fallen und schließe die Augen. Ruhe habe ich wie immer nicht.

Lukas: Weißt du, was ich gerne hätte? Erik in deinem Schlafzimmer. Du befiehlst ihm, sich auszuziehen. Zuerst gehorcht er nicht, aber nach einer heftigen Ohrfeige spurt er. Er sieht beschämt auf den Boden und weint komplett lautlos. Du greifst nach seinem Kinn und zwingst ihn, dir in die Augen zu sehen. Er schluckt, als er dein Lächeln sieht, aber du ignorierst die Angst in seinem Blick und schubst ihn auf dein Bett.

Ich lache leise und öffne wieder die Augen.

Lukas: Du hast lange genug gewartet. Jetzt hört er aufs Wort. Tue es endlich!

Ich seufze frustriert. Ich sehne mich so sehr nach Erik, es ist kaum auszuhalten. Traurig nehme ich mein Handy und gucke mir sein Profilbild an. Er ist so wunderschön. Ich liebe ihn wirklich über alles. Ein Leben ohne ihn könnte ich mir nicht vorstellen. Ich stecke mir Kopfhörer in die Ohren und mache Musik an. Vielleicht hilft es etwas.

*

Nachdem sich eine Woche später immer noch nichts getan hat, halte ich es nicht mehr aus. Ich bin doch derjenige, der jetzt die Befehle gibt, warum soll ich mich von ihnen unterbuttern lassen? Wenn ich Erik will, dann will ich ihn eben und dann hat er zu springen.

Heinz: Endlich hast du es verstanden.

Es ist Freitag und ich komme nach einem langen Arbeitstag nach Hause und denke an nichts anderes als an Erik. Ich vermisse ihn so sehr, deswegen nehme ich mein Handy heraus und erstelle eine Gruppe mit ihm, Timo und Lia. Wir hätten längst eine machen sollen.
„Falls ihr doch mal wieder Zeit habt", schreibe ich hinein und schicke einen Emoji hinterher.
Während ich auf Antworten warte, suche ich in meinen Küchenschränken nach Tee und setze Wasser auf. In der letzten Ecke finde ich eine Packung mit irgendeinem Fruchttee, den ich mir zubereite. Dann sehe ich wieder auf mein Handy.
„Schauen wir mal. Klappt bestimmt bald", hat Timo geschrieben.

Heinz: Meinen die das ernst? Die verarschen dich! Lass dir das nicht bieten!

Ich nippe an meinem Tee und verbrenne mir leicht die Zunge. Nach einigen Sekunden antwortet auch Erik. Mein Herz klopft schneller, während ich seine Nachricht lese:
„Ehrlich gesagt, ist mir gar nicht nach Computer. Frische Luft würde mir, glaube ich, eher guttun."
Ich leere meine Tasse in einem Zug und mir wird ganz warm im Bauch und ums Herz, was aber eher an Erik liegt. Mit zitternden Fingern tippe ich meine nächsten Worte:
„Wenn das so ist, können wir uns auch gerne mal wieder persönlich sehen."
Ich lege das Handy ab und kratze mir nervös über die Arme, während ich auf eine Antwort warte. Zu meiner Enttäuschung liest Erik die Nachricht, antwortet jedoch auch nach wenigen Minuten nicht. Vor Wut werfe ich mein Handy auf den Boden und gehe nach draußen auf den Balkon. Das Wetter ist so schön. Ich hätte mich mit Erik nach draußen setzen und reden können. Es könnte alles so schön und einfach sein.

Marie: Du hättest es langsamer angehen sollen. Das unter der Dusche...

Heinz: Hör nicht auf sie! Du hast endlich mal etwas hingekriegt! Jetzt geh aufs Ganze!

Ich gehe wieder rein ins Badezimmer. Beim Blick in den Spiegel erschrecke ich kurz, aber dann ignoriere ich es einfach. Früher haben sie mich wahnsinnig gemacht. Ich erinnere mich an Nächte, in denen ich weinend auf dem Boden gesessen und sie angefleht

habe, endlich leise zu sein. Ich konnte nicht akzeptieren, dass das ich bin, dass sie ein Teil von mir sind.
Nach einem schönen Schaumbad habe ich ein wenig Hunger. Es ist schon ziemlich spät und ich überlege, mir Sushi zu bestellen. Nach über zehn Minuten finde ich mein Handy wieder in der Küche, wo ich es auf den Boden geworfen habe. Zum Glück ist das Display noch heile. Als ich darauf sehe, erschrecke ich. Erik hat mir geschrieben, aber privat, nicht in unserer Gruppe. Mir wird schlecht und ich atme erst einmal tief durch, bevor ich mich mit dem Handy wieder auf den Balkon setze.

Heinz: Stell dich nicht so an! Er kann dir eh nichts!

Trotzdem kratze ich mir zuerst ein paar Mal über die Arme und versuche, das Kribbeln in meinem Bauch zu unterdrücken. Dann klicke ich auf die Nachricht.
„Hey Levi, ich schreibe dir privat wegen Timo… Ich weiß eigentlich gar nicht, was ich schreiben will. Mir liegen so viele Dinge auf der Seele… Ich bin so verwirrt. Du warst lange einer meiner besten Freunde und ich hätte nie gedacht, dass du so zu mir stehst. Warum hast du nicht mit mir geredet? Es ist jetzt zwei Wochen her und mir gehen die Ereignisse aus dem Urlaub immer noch nicht aus dem Kopf. Ich fasse es nicht, was du Lia angetan hast. Und dann diese Aktion unter der Dusche! Ich muss so oft daran denken. Es geht mir nicht aus dem Kopf. Ich meine, ich mag dich doch und dann denke ich daran, wie wir abends gekuschelt haben, was ich nicht so übel fand, auch

wenn es mir anfangs etwas unangenehm war… Ich verstehe dich trotzdem nicht. Diese Nachricht in der Gruppe, war das ein Befehl? Willst du, dass wir uns treffen? Und was genau willst du überhaupt von mir? Levi, ich verzweifle."
Ich lese die Nachricht ein zweites und ein drittes Mal. Meine Gedanken überschlagen sich bei der Fülle an Informationen, aber ein Gedanke steht über allem. Ich tippe kurzerhand:
„Komm her, ich will dich."
Er liest die Nachricht schon nach wenigen Sekunden, doch es dauert, bis er antwortet. Vielleicht überlegt er. „Ist nächste Woche Samstag okay?", kommt dann zurück.
Ich lecke mir einmal über die Lippen, während ich meine Antwort schreibe:
„Ja, aber dann bleibst du bis Sonntag."

*

Die nächste Woche schwebe ich wie auf Wolken. Ich arbeite viel, aber ich bin mit viel mehr Energie dabei als sonst. Lukas versorgt mich jeden Tag mit Ideen, wie wir dieses Wochenende verbringen könnten, und zaubert mir damit hin und wieder ein Grinsen ins Gesicht. Sue macht eher sachliche Vorschläge, was ich noch alles besorgen sollte, und Marie schlägt Dinge vor, mit denen ich Erik eine Freude machen kann. Ich komme nicht zum Einkaufen und setze daher nichts um.
Im Laufe der Woche bekomme ich eine Nachricht von Lia, die mir schreibt, Erik habe ihr erzählt, dass wir

uns treffen. Sie will wissen, was ich genau mit ihm vorhabe. Ich antworte ihr, dass ich es noch nicht weiß. Das ist die Wahrheit. Zwei Tage später, Freitag, ruft sie an.
„Hallo, Lia", antworte ich und gehe auf meinen Balkon.
Ich komme gerade von der Arbeit und habe mir noch nicht einmal bequeme Sachen angezogen.
„Hey…", murmelt sie nervös. „Ich wollte noch einmal nachfragen, wegen Erik."
„Was ist denn mit ihm?"
„Na, ich wollte nur wissen, was du morgen mit ihm tun willst."
„Warum willst du das wissen? Was interessiert dich das?"
Ich bin wirklich verwirrt.
„Ich mache mir nur Sorgen um ihn… Er ist etwas nervös wegen morgen."
Kann ich nicht verstehen.
„Darf ich dir eine Frage stellen, Levi?", fragt Lia.
Ich schweige weiterhin.
„Liebst du Erik? Bist du in ihn verliebt?"
Ich schmunzle leicht.
„Tschüss, Lia", sage ich und lege auf.
Bei einem Blick in meine Wohnung fällt mir auf, dass ich vielleicht noch etwas aufräumen sollte, bevor er morgen kommt.

Marie: Ja, machen wir es schick für ihn. Dann sieht er, wie wir uns um ihn bemühen.

Heinz: Warum solltest du? Er muss sowieso tun, was du willst.

Marie: Aber Erik soll sich doch wohlfühlen bei uns.

Heinz: Was bringt uns das? Er hat doch keine Wahl.

Sue: Du kannst es doch aus Höflichkeit ein bisschen ordentlicher machen. Außerdem wird das Geschirr bald knapp und frische Klamotten wären auch ganz gut.

Ich beschließe, mich erst einmal auszuruhen und morgen früh noch etwas aufzuräumen. Nicht, dass ich es müsste, aber es ist ein guter Anlass.

*

Am Samstag bin ich früh wach und fange fröhlich pfeifend an, ein bisschen aufzuräumen. Ich räume das Geschirr in die Geschirrspülmaschine und schalte sie an. Dann sammle ich meine Klamotten vom Boden und stopfe sie in die Waschmaschine. Anschließend wische und staubsauge ich, bis alles einigermaßen ordentlich ist. Abschließend beziehe ich mein Bett noch frisch, damit wir es heute Nacht schön kuschelig haben.
Nachdem alles erledigt ist, setze ich mich an mein Küchenfenster und schaue hinunter zur Eingangstür. Ich hätte Erik eine feste Uhrzeit schreiben sollen, aber jetzt ist es eben so und ich muss warten. Ehe er da ist, sind die Waschmaschine und die Geschirrspülmaschine fertig. Ich räume zuerst das

Geschirr aus, dann hänge ich die Wäsche auf dem Balkon auf. Danach sitze ich wieder am Fenster und schaue nach draußen.

Nach einer Weile bekomme ich Hunger und beschließe, vielleicht doch eine Kleinigkeit zu frühstücken. Im Kühlschrank habe ich noch ein paar Joghurts, die ich auslöffele. Danach fahre ich meinen Laptop hoch und erledige noch ein paar Dinge für die Arbeit.

Als ich fertig bin, ist es schon Nachmittag und Erik ist immer noch nicht aufgetaucht. Er würde es doch nicht wagen, nicht zu kommen, oder? Ich spüre Wut in mir aufkochen. Ich hole mein Handy und sehe, dass ich eine Nachricht von Erik bekommen habe.

„Ziemlich viel Stau. Bin bald da. Sorry", hat er mir geschrieben.

Ich beruhige mich wieder. Er kommt bald. Bald wird er bei mir sein. Mein geliebter Erik, mein Stern. Glücklich setze ich mich wieder ans Fenster und sehe auf den Gehweg darunter.

Es dauert zwar noch ziemlich lange, aber irgendwann sehe ich schließlich Erik den Weg entlanglaufen. Ein Lächeln breitet sich auf meinem Gesicht aus. An der Tür macht er halt. Sein Finger wandert zur Klingel, bevor er ihn wieder senkt, seine Tasche abstellt und sich mit den Händen übers Gesicht fährt. Er braucht zwei, drei Minuten, ehe er klingelt.

Ich laufe sofort zur Tür und öffne ihm. Als er die Treppe hochkommt, lehne ich im Türrahmen und lächle ihn an. Erik bleibt unschlüssig stehen und sieht zu mir.

„Na", sage ich.

„Hey…", murmelt er.
„Komm rein!", sage ich und lasse ihn in meine Wohnung. Er geht an mir vorbei und stellt seine Tasche im Flur ab, bevor er seine Schuhe auszieht.
Ich setze mich aufs Sofa und Erik setzt sich neben mich.
„Also, was hast du heute vor?", fragt er und lächelt.
Ich denke einen Moment nach.
„Ich möchte dir nahe sein", sage ich grinsend.
Ich fahre mit einer Hand in seinen Nacken und streiche vorsichtig darüber. Erik spannt sich sofort an. Er krallt seine Finger in seine Oberschenkel und bekommt eine Gänsehaut.
„Shh, ich bin doch so sanft", flüstere ich und kraule ihm weiter den Nacken.
Er sieht noch angespannter aus und sein steifer Blick bringt mich zum Lachen.
„Ich mach doch nur Spaß!", sage ich und löse mich von ihm.
Er schmunzelt leicht, sieht aber immer noch unsicher aus.
„Wie geht es dir? Wir haben so lange nicht miteinander geredet", sage ich und betrachte ihn nachdenklich.
„Äh… ganz gut. Ich mache eben sehr viel fürs Studium, wie schon erwähnt…", erzählt er.
Ich setze mich um und überlege, wie ich meine nächste Frage formuliere.
„Was ist zwischen dir und Lia?", frage ich und sehe ihn ernst an.
Er schüttelt leicht den Kopf.
„Nichts", behauptet er.

Ich hole aus und gebe ihm eine Ohrfeige. Er zuckt und hält sich die Wange. Es war nicht besonders dolle, aber es sollte auch nur eine Warnung sein.
„Lüg mich nicht an! Ich hasse es, angelogen zu werden."
Erik sieht unsicher nach unten.
„Meinst du echt, ich hätte nicht gemerkt, was zwischen euch läuft? Im Gegensatz zu Timo bin ich nicht blind. Deswegen musste ich Lia doch… Na ja."
Ich schmunzle und er weitet geschockt seine Augen.
„Du meinst… deswegen hast du sie angegriffen? Meinetwegen?"
Ich nicke und streiche ihm wieder durch den Nacken.
„Es ist nicht deine Schuld", murmle ich. „Du kannst doch nichts dafür, dass du so unwiderstehlich bist."
Er schüttelt leicht den Kopf und sieht auf den Boden. Die Info kam wohl ein bisschen überraschend.
„Also, nochmal: Was war zwischen dir und Lia?", wiederhole ich in ernstem Ton.
Erik sieht mir in die Augen, dann wendet er wieder den Blick ab.
„Wir haben miteinander geschlafen, vor ein paar Wochen. Es war eine einmalige Sache, aber im Urlaub sind wir uns wieder nähergekommen."
Er sieht mich ängstlich an, aber seine Angst ist unbegründet, ich lächle.
„Na ja, jetzt gehörst du ja mir", sage ich und gebe ihm einen Kuss auf die Wange. Er rührt sich nicht.
„Erwartest du jetzt, dass ich dein fester Freund bin?", fragt er. „Willst du mich zwingen, dich zu lieben?"

Kurz bin ich gewillt, wütend zu werden über seine unverschämten Fragen, aber die Wiedersehensfreude ist zu groß.

„Ach, Erik, ich zwinge dich zu gar nichts. Du solltest nur verstehen, dass ich, wenn ich weniger Zeit mit dir verbringe, vielleicht dafür mehr Zeit mit Timo verbringe und mir da ein paar Dinge rausrutschen könnten, die für euch eher… unvorteilhaft sind", erkläre ich grinsend.

Er schluckt.

„Also, wollen wir irgendetwas machen?", fragt er schnell.

Ich sehe auf die Uhr.

„Wir könnten Eis essen gehen. Das hast du doch immer so gerne mit Lia gemacht. Ich dachte, weil ihr das jetzt nicht mehr machen könnt, könnten wir das doch tun."

Erik seufzt, steht jedoch mit mir auf und zieht sich seine Schuhe an.

Lukas: Am liebsten würde ich sofort mit ihm ins Bett.

Heinz: Wieg ihn noch ein bisschen in Sicherheit. Seine Unsicherheit ist doch ein Genuss für sich.

*

Wie erwartet lockert das Eis die Stimmung. Erik erzählt von seinem Studium, seinen Professoren und dem schrecklichen Mensaessen. Ich höre ihm zu, so gut es geht, während die Stimmen in meinem Kopf ununterbrochen reden. Lukas äußert permanent Vorschläge, was wir mit dem Eis noch so anstellen

könnten, und Heinz schimpft auf Erik, dass er aufhören soll, sich permanent zu beschweren.
Als wir zurück in meine Wohnung gehen, ist es schon früher Abend.
„Wollen wir eigentlich noch etwas Richtiges essen?", fragt Erik. „Ehrlich gesagt, habe ich ziemlichen Hunger. Ich habe ja auf der Autofahrt nichts gegessen…"
Nachdenklich kratze ich mich im Nacken. Ich habe nichts geplant. Verwirrt gehe ich in die Küche und gucke meine Schränke durch.
„Ich kann nur Nudeln mit Tomatensoße anbieten", sage ich.
„Klingt gut", erwidert Erik.
Er hilft mir beim Zubereiten und ich könnte mich definitiv daran gewöhnen, mit ihm zusammen zu kochen. Ich kann kaum meinen Blick von ihm nehmen und bin unendlich glücklich, ihn endlich an meiner Seite zu haben. Alles in mir schaltet sich auf Entspannung.

Marie: Aber auf seine Kosten!

Heinz: Wen kümmert es? Ziel erreicht. Er ist unser.

Marie: Das hätten wir auch anders geschafft.

Sue: Bezweifle ich.

Marie: Wir hätten liebevoll sein müssen. Wir hätten für ihn da sein sollen. Wenn wir ihm das geben, was er braucht, bleibt er auch bei uns, ohne dass wir ihn zwingen müssen. Und dann ist er auch glücklich!

Heinz: Warum sollen wir uns so viel Arbeit machen? So haben wir auch bekommen, was wir wollen.

Marie: Aber die Liebe…

Heinz: Du mit deiner Scheiß-Liebe! Wir erzwingen seine Liebe und fertig. Jetzt hab deinen Spaß!

„Levi?", fragt Erik.
Ich sehe von meinen Nudeln auf.
„Ist etwas?"
Ich verziehe das Gesicht.
„Was soll sein?"
„Keine Ahnung… Manchmal bist du so in Gedanken verloren und bekommst einen seltsamen Ausdruck in deinen Augen."
Ich esse weiter und schweige.

Heinz: Das geht ihn nichts an!

Marie: Er macht sich doch nur Sorgen. Ist doch süß!

Heinz: Der soll sich um seinen eigenen Scheiß kümmern! Wir werden ihm heute noch genug Probleme machen.

Lukas: Können wir nicht endlich anfangen?

Ich sehe auf die Uhr und Erik folgt meinem Blick. Er setzt sich anders hin und atmet tief durch. Er räuspert sich nervös.
„Also, ich bin noch gar nicht müde. Wir bleiben heute lange wach, oder?", fragt er.
Ich zucke mit den Schultern.
„Mal sehen."

*

Nach dem Essen räume ich das Geschirr weg. Anschließend setzen wir uns nach draußen auf den Balkon. Ich hole aus dem Schrank eine Flasche Wein, die ich noch stehen hatte für den Moment, an dem ich sie brauchen würde. Erik trinkt gerne Wein, das weiß ich. Ausnahmsweise trinke ich auch mit. Wir betrinken uns nicht, es ist nur schön, so den Tag ausklingen zu lassen.
Wir unterhalten uns gerade über Fußball, als Eriks Handy klingelt. Er holt es aus seiner Hosentasche, sieht darauf und dann zu mir.
„Wer ist das?", frage ich.
„Lia…"
„Willst du nicht ran gehen?"
Er nickt und nimmt ab. Als er aufstehen und reingehen will, hebe ich die Hand.
„Du bleibst hier", fordere ich in ernstem Ton.
Unschlüssig setzt er sich wieder hin.
„Ja, Lia, ich bin da. Entschuldige", sagt er und sieht mich nervös an.
Ich nippe an meinem Wein und betrachte ihn.

„Nein, er…", sagt er, doch bricht ab. „Er hat nichts dazu gesagt… Nein, hat er nicht. Alles gut."
„Mach mal auf Lautsprecher!", fordere ich.
Seufzend befolgt Erik meinen Befehl.
„Hallo, Lia!", sage ich.
„Hey, Levi…", murmelt sie. „Wie gehts?"
„Ach, ich bin überglücklich, ich habe schließlich den tollsten Menschen der Welt bei mir."
„Ja, sicher… Und was habt ihr so gemacht?"
„Oh, wir waren Eis essen", erzähle ich. „Das kennst du doch."
Erik lacht leise.
„Schön", sagt sie geknickt. „Ich bin müde. Ich glaube, ich gehe gleich ins Bett."
Ich sehe durch die offene Balkontür auf die Uhr im Wohnzimmer. Erik bemerkt meinen Blick und sagt schnell:
„Ich bin noch gar nicht müde. Wir bleiben noch auf, oder?"
„Tschüss, Lia!", sage ich und lege auf.
Nach einem Seufzen sehe ich lächelnd zu Erik.
„Lass uns auch ins Bett gehen."

Lukas: Geht es jetzt endlich los? Geht es jetzt endlich los?

6. Schreckensnacht:

Erik folgt mir ganz langsam zurück in die Wohnung. Ich schmunzle und lasse ihm seine Zeit. Aus seiner Reisetasche holt er Sachen zum Schlafen und sieht sich unsicher um, bis sein Blick an mir hängen bleibt. Er presst die Lippen aufeinander und deutet vorsichtig auf das Sofa.
„Ich schlafe auf dem Sofa?", sagt er, doch es hört sich mehr wie eine Bitte an.
Ich lache laut auf.
„Du schläfst natürlich bei mir."
Damit drehe ich mich um und will mich schon auf den Weg zum Schlafzimmer machen, doch er lässt nicht locker:
„Nein, ich denke wirklich, dass es besser wäre, wenn ich auf dem Sofa schlafe. Ich will dir keine Unannehmlichkeiten machen. Für mich wäre es angenehmer und dann hättest du das ganze Bett für dich…"
Ich drehe mich um und sehe ihn scharf an.
„Treib es nicht auf die Spitze. Du schläfst bei mir. Basta!"
Er knetet nervös seine Hände und schluckt.
„Was hast du… Ich meine… Was willst… Du wirst doch…"
Er stoppt und seufzt.
„Ich erwarte dich im Schlafzimmer", sage ich und lächle ihn noch einmal an, bevor ich gehe und mich fertig mache. Auf dem Weg ins Bad höre ich Maries Stimme. Sie ist kaum mehr als ein Flüstern.

Marie: Tu das bitte nicht. Bitte. Ich bitte, nein, ich flehe dich an. Tue ihm das nicht an. Wenn er dir wirklich so viel bedeutet, dann tu das nicht. Er wird dich hassen und das völlig zu Recht. Ich bitte dich. Hör auf!

Sie hört sich so verzweifelt an, dass ich einen Moment tatsächlich überlege, ihr zu folgen, aber sie ist ja nicht alleine.

Heinz: Nein, du ziehst das jetzt durch.

Lukas: Ich halte es nicht mehr aus. Ich will es endlich.

Heinz: Du hast es dir verdient. Gönn dir deinen Spaß!

Lächelnd lege ich mich in mein Bett und warte auf Erik.

*

Er lässt sich wirklich Zeit, bevor schließlich die Schlafzimmertür aufgeht. Erik kommt mit langsamen Schritten ins Zimmer. Zuerst setzt er sich nur auf die Bettkante, dann legt er sich schließlich hin und deckt sich zu. Ich beobachte ihn stumm. Als er dann stumm an die Decke starrt, lächle ich ihn an.
„Ist doch gar nicht so schlimm, oder?", frage ich.
Er schluckt.
„Für dich vielleicht nicht", murmelt er.
Ich lasse mich nicht aus der Ruhe bringen.
„Im Urlaub hattest du auch kein Problem damit."
„Da wusste ich auch noch nicht…"

Er stockt. Mein Lächeln vergeht mir.
„Was?", frage ich wütend.
Erik starrt weiter an die Decke, als ihm ein paar Tränen die Wangen herunterlaufen. Er schüttelt leicht den Kopf.
„Ich verstehe dich einfach nicht. Wir waren so lange befreundet und ich dachte wirklich, ich würde dich kennen… aber ich kenne dich überhaupt nicht. Ich weiß nicht, wer du bist, ich erkenne dich nicht wieder."
Ich sage nichts.
„Der Levi, den ich kannte, hätte mir, uns, das niemals angetan…"
Er wird lauter.
„Jeder normale Mensch hätte unser Geheimnis für sich behalten und es nicht ausgenutzt, um uns zu erpressen und irgendwelche perversen Fantasien auszuleben!"
Jetzt reicht es.
„Du hast dir das alles doch selber eingebrockt, als du dich entschieden hast, mit der Freundin deines besten Freundes rumzumachen! Du hast Scheiße gebaut, also stell dich jetzt auch den Konsequenzen und hör auf, zu jammern!"
Ich setze mich auf und sehe ihn an. Er schüttelt weiter den Kopf.
„Du bist doch vollkommen irre."
Ich male wütend mit den Zähnen aufeinander und balle die Hände zu Fäusten.
„Irre? Du hältst mich für irre?" Ich lache wie ein Wahnsinniger. „Dann wollen wir doch mal sehen, wie irre ich wirklich werden kann…"
Er sieht mich mit weit aufgerissenen Augen an, während ich mich über ihn lehne und anfange, seinen

Hals mit Küssen zu übersehen. Meine Hände schiebe ich flink unter sein T-Shirt und streiche ihm über die Haut. Doch kaum fange ich an, es zu genießen, stößt er mich von sich weg.
„Lass das, Levi! Ich will das nicht!"
Er zieht ein krauses Gesicht und legt den Kopf seitlich ins Kissen.
Ich fasse seine Handgelenke, drücke sie fest zu und platziere sie neben seinem Körper. Er zieht scharf die Luft ein. Ich beuge mich nahe zu seinem Gesicht, damit er mich auch ja versteht.
„Du stößt mich nie wieder von dir weg", zische ich.
„Du gehörst mir. Ich kriege dich, und wenn ich dich dafür festbinden muss, glaub mir!"
Wieder sammeln sich Tränen in seinen Augen, aber er reißt sich zusammen.
„Kann ich jetzt?", frage ich.
Er antwortet nicht, aber ich nehme das als ja und fange an, ihm einen schönen Knutschfleck am Hals zu verpassen. Erik scheint es seltsamerweise gar nicht zu genießen. Er ist ganz verspannt. Ich streichle ihm mit meinen Händen über den Körper.
„Keine Sorge, ich werde ganz sanft und vorsichtig sein", sage ich lächelnd.
Jetzt schluchzt er leise. Ich ignoriere es und ziehe ihn bis auf die Unterwäsche aus. Er blickt dabei konsequent von mir weg.

Lukas: Ich will ihn kratzen!

Ich drücke meine Nägel in seine zarte Haut und kratze ihn. Erik verzieht vor Schmerz das Gesicht. Danach hauche ich ihm wieder Küsse auf den Hals.

Lukas: Beeil dich! Ich will es endlich.

Grinsend löse ich mich von Erik, um mich auch zu entkleiden. Den kurzen Moment meiner Unachtsamkeit nutzt er. Er dreht sich schnell, springt aus dem Bett und will zur Schlafzimmertür. Doch bevor er sie öffnen kann, bin ich schon hinter ihm und ziehe ihn zurück. Ich stelle mich vor ihn und lege wütend die Hände an seinen Hals.
„Was sollte das werden?", frage ich.
Er antwortet nicht, weil er zu sehr damit beschäftigt ist, nach Luft zu ringen.
„Nur damit du es weißt: Jetzt ist Schluss mit sanft."
Ich drücke noch etwas fester zu, doch dann lasse ich los. Erik schnappt nach Luft und fasst sich an den noch geröteten Hals. Ich gebe ihm genau zwei Sekunden, bevor ich ihn zurück aufs Bett schubse. Er sieht den Ausdruck in meinen Augen. Darin spiegelt sich all meine Sehnsucht und Erregung. Panisch und verzweifelt rutscht er von mir weg bis zum Ende des Bettes, als könnte er mir so entkommen. Ich lächle und nähere mich ihm langsam wie ein Löwe auf der Jagd nach seiner Beute. Bei der Betrachtung von ihm schüttle ich leicht den Kopf und beiße mir auf die Unterlippe.
„Ich habe so lange darauf gewartet…"

*

Mein Atem verlangsamt sich und mein Puls beruhigt sich auch langsam wieder, während ich an die Decke gucke und breit grinse. Wenn ich die Augen schließe, kann ich immer noch sein Schreien und Weinen in meinen Ohren hören. So intensiv habe ich es nicht erwartet. Doch jetzt ist es ganz still. Im Raum hört man nichts außer mein erschöpftes Atmen.

Lukas: Das war viel schöner, als ich es mir vorgestellt habe.

Ich drehe meinen Kopf und sehe zu Erik. Er hat sich auf die Seite gelegt, mit dem Rücken zu mir, und rührt sich nicht. Er hat kein Wort gesagt und weint auch nicht mehr. Er ist einfach still und liegt komplett regungslos da. Vielleicht sollte ich nach ihm sehen, aber ich bin noch viel zu überwältigt. Ich setze mich auf, schließe die Augen und erinnere mich noch einmal an das wunderbare Gefühl, seine Schreie und seine weiche Haut. Noch nie habe ich mich so selig und wohl gefühlt wie jetzt.
Ich stehe leicht lächelnd auf und gehe wortlos aus dem Zimmer. Zuerst mache ich einen Abstecher in die Küche und trinke ein Glas Wasser. Dann mache ich mich auf den Weg ins Bad und mache mich etwas frisch. Als ich wieder ins Schlafzimmer komme, liegt Erik in genau in der gleichen Position, in der ich ihn zurückgelassen habe. Ich gehe um das Bett herum und hocke mich davor hin.
Er hat die Augen geschlossen, aber ich sehe, dass er nicht schläft. Dafür ist er viel zu unruhig. Er liegt zusammengekauert auf der Seite. Ich lege ihm eine

Hand auf die Schulter und er schlägt vorsichtig die Augen auf, ohne mich jedoch anzusehen. Sein Blick ist leer und kühl. Ich seufze und streichle ihn leicht.
„Wenn du wüsstest, wie gut du dich anfühlst…"
Seine Unterlippe bebt leicht und ich rechne damit, dass er wieder anfängt, zu weinen, aber er tut es nicht. Er bleibt steif liegen und starrt geradeaus. Daher stehe ich wieder auf, lege mich ins Bett und decke mich zu. Seufzend schalte ich meine Nachttischlampe aus und schließe die Augen.

Marie: Ich… fasse es nicht, dass du das wirklich getan hast. Das war grauenvoll… Ich dachte echt, du würdest ihn lieben.

*

Als ich am nächsten Morgen aufwache, fühle ich mich toll. Ich grinse sofort breit und drehe mich zur Seite zu Erik. Er schläft noch und sieht zuckersüß dabei aus. Am liebsten würde ich ihm durch die Haare streichen, aber ich will ihn nicht aufwecken. Also stehe ich alleine auf und beschließe, uns ein leckeres Frühstück zu machen. Ein Blick in meinen Kühlschrank verrät mir, dass ich nicht viel habe, um ihm zu imponieren, weswegen ich mich fertig mache, um einkaufen zu gehen.
Der Kiosk ist direkt um die Ecke und hat eine große Auswahl an Lebensmitteln. Ich besorge alles, was wir brauchen: frische Brötchen, Marmelade, Butter, Nussnougatcreme,… Ich nehme sogar eine Packung

Eier für ihn mit und frischen Orangensaft. Noch nie habe ich mir so viel Mühe für meinen Besuch gegeben. Leider wird das nie genug wertgeschätzt. Als ich durch das Treppenhaus zu meiner Wohnung gehe, laufe ich direkt vor meiner Wohnungstür plötzlich in Erik hinein. Er hat seine Tasche dabei, die er prompt fallen lässt. Sein ertappter Blick verrät ihn sofort, aber ich brauche trotzdem einen Moment, um zu verstehen, was hier gerade passiert.

Heinz: Er versucht, zu flüchten! Er wollte abhauen, während wir weg waren! Mach ihn fertig! So etwas darfst du dir nicht gefallen lassen!

Ich lasse meine Einkäufe fallen, hole aus und schlage ihm einmal mit der Faust ins Gesicht. Erik keucht erschreckt auf. Bevor er sich wieder fangen kann, packe ich ihn am Kragen und ziehe ihn zurück in die Wohnung.
„Levi!", sagt er hastig. „Bitte!"
Ich lasse ihn im Wohnzimmer los und stoße ihn zu Boden. Angsterfüllt sieht er zu mir auf. An seiner Wange sieht man deutlich die Stelle, an der ich ihn getroffen habe. Ich gehe in die Hocke und beuge mich über ihn.
„Was sollte das?", frage ich wütend.
„Ich wollte nur frische Luft schnappen", behauptet er.
Ich schlage ihm noch eine rein und treffe unglücklich auf die Nase. Er wirft den Kopf zur Seite und schnappt nach Luft.
„Du sollst mich nicht anlügen!", schreie ich.
„Tue ich nicht! Ich schwöre!"

Ein weiterer Schlag und er fängt an, aus der Nase zu bluten.
„Für wie blöd hältst du mich eigentlich? Meinst du, ich hätte deine Tasche nicht gesehen? Du wolltest abhauen! Gib es zu!"
Schließlich nickt er und murmelt:
„Ja, ich wollte gehen…"
Ich stehe auf und trete noch zweimal auf ihn ein, bevor ich von ihm ablasse. Erik krümmt sich wie ein Häufchen Elend auf dem Boden. Sein Gesicht ist blutverschmiert. Seufzend greife ich ihm unter die Achseln und hieve ihn aufs Sofa, wo ich ihn aufrecht hinsetze. Zuerst hole ich ein Tuch, um die Blutflecken vom Boden wegzuwischen, bevor sie antrocknen.
Dann hole ich ein paar Feuchttücher und setze mich zu Erik aufs Sofa.
„Das haben wir gleich wieder, keine Sorge", flüstere ich. „Gleich bist du wieder hübsch."
Ich hole ein Tuch aus der Packung und beginne, ihm ganz vorsichtig das Gesicht abzutupfen. Ab und zu kneift er die Augen zusammen, aber sonst lässt er es über sich ergehen. Ich konzentriere mich und er versucht, mich bloß nicht anzusehen, dabei bin ich die Ruhe in Person.
Die Stille ist wirklich angenehm, bis sie plötzlich von dem Klingeln eines Handys unterbrochen wird. Es ist definitiv nicht meines, also muss es von Erik sein. Ich stehe auf und suche es. Es muss ihm aus der Tasche gefallen sein, während ich ihn in die Wohnung gezogen habe, denn es liegt auf dem Boden im Flur. Ein Blick darauf verrät mir, dass Lia ihn anruft. Ich gehe ran.

„Erik?", schreit sie mir sofort ins Ohr. „Bist du endlich weg da?"
„Hallo, Lia", sage ich ruhig.
Sie schweigt ein paar Sekunden.
„Oh…", kommt es schließlich von ihr.
Ich lache leise. Ihre Reaktion ist Gold.
„Du hast ihm diese Flusen in den Kopf gesetzt, oder?"
Sie schweigt.
„Tja, hättet ihr es besser mal gelassen…", murmle ich.
„Was ist mit Erik?", fragt sie sofort panisch. „Was hast du mit ihm gemacht?"
„Gar nichts. Ich habe nur dafür gesorgt, dass er seine Lektion lernt."
„Darf ich mit ihm reden?"
„Nein."
„Levi, bitte! Ich will nur hören, dass es ihm gut geht."
Ich lache laut auf.

Heinz: Die beleidigt uns! Als würden wir uns nicht gut um ihn kümmern!

„Es geht ihm toll bei mir, mach dir mal keine Sorgen! Er muss nur lernen, wo sein Platz ist", sage ich.
Sie schweigt einen Moment.
„Noch etwas?", frage ich nach.
„Bitte, sei gut zu ihm."
Ich schnaube wütend.
„Das ist mir jetzt zu blöd", sage ich und lege auf.
Das Handy lege ich auf den Tisch und dann nehme ich wieder neben Erik Platz.
„Das war Lia", sage ich.
Er nickt.

„Habe ich mitbekommen."
Ich betrachte ihn lächelnd und seufze. Kaum zu glauben, dass etwas so Schönes jetzt mein ist.
„Levi?", fragt er und räuspert sich.
„Ja?"
Erik dreht seinen Kopf und sieht mir in die Augen.
„Als ich dich im Urlaub gefragt habe, wie lange… das hier… gehen soll, hast du ja gesagt…"
Er bricht ab.
„So lange, wie ich Timo nichts von euch erzählen soll", zitiere ich mich selbst. „Ich habe es nicht vergessen."
Erik nickt.
„Also, ich wollte nur fragen… Hast du das auch wirklich so gemeint?"
Ich verziehe einen Moment verwirrt das Gesicht, aber er sieht mich mit einer Eindringlichkeit an, als bräuchte er unbedingt eine Antwort. Ich lege also meine Hände an seine Wangen und sehe ihm in die Augen.
„Natürlich. Ich liebe dich über alles, Erik. Ich könnte dich nie gehen lassen. Wir bleiben für immer zusammen", sage ich und lächle ihn an.
Er weitet seine Augen bei jedem meiner Worte.
„Für immer?", wiederholt er mit zitternder Stimme.
Ich nicke begeistert und löse meine Hände von seinen Wangen.
„Bis in alle Ewigkeit."
Eine einzelne Träne rinnt ihm die Wange herunter. Ich kichere.
„Du weinst ja", sage ich.
Erik nickt und wischt sich über die Wange.

„Ich bin… gerührt, dass du… mich so liebst", stammelt er. „Wie lange eigentlich schon?"
Er stellt seine Frage leiser und vorsichtiger. Ich setze mich einfach rittlings auf seinen Schoß und er lehnt sich nach hinten, von mir weg. Ohne auf seine Frage einzugehen, streiche ich ihm über den Hals und fange an, ihn sanft zu küssen. Einige Sekunden lässt er mich ohne Reaktion machen. Dann fängt er an, mit seinen Händen in meinen Nacken und durch meine Haare zu streichen. Plötzlich zieht er mich zu sich ran.
Kurz bevor er mich küssen will, schiebe ich mich von ihm weg und sehe ihn verwirrt an.
„Was wird das?", frage ich misstrauisch.
„Äh…"
Er sieht mindestens so verwirrt aus wie ich.
„Wolltest du mich gerade küssen?", frage ich weiter.
„Ich dachte, das willst du bestimmt."
Ich lache. Seine Bemühungen sind schon irgendwie süß. Doch dann werde ich wieder ernst.
„Du sollst nicht nachdenken. Tu einfach das, was ich dir sage!"
Ohne auf eine Antwort zu warten, schmiege ich mich wieder an ihn und drücke ihm meine Lippen an den Hals. Wieder lässt er es einige Sekunden zu, bevor er fragt:
„Warum willst du mich nicht küssen?"
Stöhnend löse ich mich von ihm und sehe ihn an.
„Kannst du bitte mal aufhören, mich dauernd zu unterbrechen?", frage ich sichtlich gereizt.
„Tut mir leid", erwidert er kleinlaut. „Ich versuche doch nur, dich besser zu verstehen."
„Du sollst mich nicht verstehen!"

Erik seufzt tief.

„Ich dachte nur, dann… würde es mir leichter fallen, dich auch zu lieben", flüstert er.

Ich muss grinsen und gebe ihm einen Kuss auf die Wange, ehe ich aufstehe.

„Was ist los?", fragt er verwirrt.

„Ich habe keine Lust mehr", erkläre ich. „Lass uns lieber frühstücken."

Erik sieht sich kurz um und überlegt.

„Tut mir leid, wenn ich dir die Stimmung kaputt gemacht habe. Ich… brauche noch etwas Zeit. Das ist alles nicht so leicht."

Ich antworte nicht, sondern gehe in den Flur, um die Einkäufe und Eriks Tasche hereinzuholen, die ich dort habe liegen lassen. Die Tasche stelle ich ins Wohnzimmer. Dann nehme ich die Einkäufe und die Brötchen mit in die Küche. Dort sehe ich mit Entsetzen, dass Erik gerade Teller aus dem Schrank holt, um den Tisch zu decken. Bei jedem Schritt verzieht er vor Schmerzen das Gesicht.

„Was machst du denn da? Setz dich hin, du bist mein Gast!", sage ich.

„Okay", erwidert er.

Ich will gerade alles weiter vorbereiten, da habe ich plötzlich eine Idee:

„Ach, bevor ich es vergesse…"

Er sieht mich aufmerksam an, während ich zur Haustür gehe und mit meinem Schlüssel abschließe, den ich mir anschließend in die Hosentasche stecke.

„Und bevor du auf dumme Gedanken kommst: Der Balkon ist zu hoch zum Fliehen und zu tief für… na ja…"

Ich schmunzle. Er bleibt ernst.
„Ach, Erik, wann hast du eigentlich deinen Humor verloren?", frage ich und klopfe ihm auf die Schulter.
„Letzte Nacht...", flüstert er.
Ich tue so, als hätte ich es nicht gehört, und packe alle meine Einkäufe aus, bis wir einen perfekten Frühstückstisch vor uns haben. Dann setze ich mich Erik gegenüber und sage grinsend:
„Guten Appetit!"
Ich bin schon ziemlich stolz auf mich und umso erfreuter, als Erik sagt:
„Wow... Danke."
Ihm ist das ziemlich unangenehm.
Es kränkt mich allerdings schon, dass er dann nach zwei Bissen sein Brötchen wieder ablegt. Ich esse normalerweise auch nicht viel, aber doch mehr als das und wann bekommt man schon einmal so ein tolles Frühstück von seinem geliebten Freund?
„Was ist los?", frage ich.
„Ich habe keinen Appetit...", murmelt er.
Erik sieht von mir weg, als wüsste er genau, dass mir sein Verhalten nicht gefällt. Im Gegenteil. Ich finde es frech.
„Tut mir leid, aber nach dieser Nacht..."
Ich betrachte sein Brötchen nachdenklich.
„Ich habe mir so viel Mühe für dich gegeben... und du weißt es nicht zu schätzen", sage ich verwirrt.
„Doch! Ich sehe das! Aber... Mensch, Levi, ich kann nicht mehr!"
Er klingt nicht wütend, sondern traurig. Kann ich nicht nachvollziehen.

„Iss wenigstens die Hälfte", sage ich. „Du hast eine lange Autofahrt vor dir."
Erik nickt, als könnte er mit diesem Kompromiss leben. Zuerst mustert er die Brötchenhälfte, als könnte sie ihn gleich anspringen, dann isst er sie Bissen für Bissen. Er braucht eine Zeit, aber schließlich hat er sie gegessen und ein großes Glas Orangensaft trinkt er auch noch. Ich bin stolz auf ihn.

Heinz: Fang du erst einmal selbst an, selbst vernünftig zu essen! So wirst du nie groß und stark werden!

Nach dem Essen setzen wir uns wieder aufs Sofa. Ich beschließe, dass wir ein bisschen zusammen zocken. Das war früher gang und gebe bei uns und ich habe es vermisst. Erik sagt nichts dazu, aber ich sehe ihm an, dass er die Idee ganz gut findet. Als ich mich mit den Controllern zu ihm setze, bricht er schließlich doch sein Schweigen, aber seine Frage gefällt mir nicht:
„Levi, darf ich vielleicht kurz Lia anrufen?"
Ich halte in der Bewegung inne und sehe ihn an.
„Bitte. Ich beeile mich auch."
Er sieht mich bittend an und seinen blauen Augen kann ich nicht widerstehen.
„Na schön", sage ich lächelnd und hole sein Handy.
Erik nickt erleichtert und dankbar und wählt Lias Nummer. Während er darauf wartet, dass sie abnimmt, kaut er angespannt auf seinen Fingernägeln. Als er ihre Stimme hört, atmet er erleichtert auf.
„Ja, ich bin da", sagt er. „Ich wollte deine Stimme hören."

Erik sieht auf und merkt, dass ich ihn genau beobachte.
„Später", antwortet er auf eine Frage. „Alles gut. Geht schon… Ja, bald… Ich versuche es… Danke, Lia… Wir reden später noch einmal, okay? Ich rufe dich an… Tschüss."
Er legt auf und gibt mir brav sein Handy zurück. Das Telefonat schien ihn entspannt zu haben.
„Danke", sagt er und lächelt mich leicht an.
„Ach, Erik, ich kann dir doch nichts abschlagen."
Ich lehne mich zurück und betrachte ihn glücklich.
„Dann… lass mich gehen", flüstert er.
Ich lache ganz leise und nehme ihn in den Arm.
„Das kann ich nicht", erkläre ich. „Ich liebe dich viel zu sehr, um dich jemand anderem zu überlassen."
Ich löse mich wieder von ihm und sehe ihn an, aber er weicht meinem Blick aus.
„Du musst dir keine Sorgen machen", hauche ich und streiche ihm durch die Haare. „Ich werde mich gut um dich kümmern. Ich arbeite viel, um Geld für uns zu verdienen. Es wird uns gut gehen, ja? Du musst dir keine Sorgen machen. Ich sorge dafür, dass es uns an nichts fehlen wird."

Heinz: Hör auf mit dem Schleimen!

Erik sieht mich ganz seltsam an.
„Und, letzte Nacht… Als du mich…", fängt er an.
„Als wir Liebe gemacht haben?", frage ich grinsend.
Er verzieht das Gesicht.
„Wirst du…" Er räuspert sich. „… das nochmal machen?"

Lukas: Ja! Nochmal! Nochmal! Nochmal! Ich habe noch so viele Ideen…

Ich lächle ihn sanft an und stupse ihm auf die Nase.
„Ich kann doch nichts dafür, wenn du so unwiderstehlich bist."
Erik zittert kurz und sieht mich kopfschüttelnd an. Er wirkt etwas verwirrt.
„Was?", frage ich.
„Wieso bist du plötzlich so nett?"
Jetzt bin ich derjenige, der verwirrt guckt.
„Ich bin doch immer nett zu dir… Ich könnte dir doch nie wehtun!"
Erik verzieht das Gesicht, bevor er unsicher weiterspricht:
„Ja, ich meine nur… Jetzt bist du wieder so… lieb und süß und im nächsten Moment bist du so grausam. Es ist, als hättest du mehrere Seiten."

Heinz: Der will schon wieder andeuten, dass du verrückt bist! Du bist nicht verrückt! Lass dir das nicht einreden!

Ich sehe nachdenklich zur Seite, ehe ich ihn wieder anlächle.
„Selbst, wenn das so sein sollte… Du kannst dir sicher sein, dass jede dich unfassbar lieb hat."
Er schmunzelt und ich nehme ihn in den Arm. Erik atmet einmal tief durch und wirkt langsam ruhiger.

Sue: Du verwirrst ihn. Versuch doch wenigstens, dich immer gleich zu verhalten.

„Wollen wir jetzt etwas zocken?", frage ich und spüre sein Nicken an meiner Brust.
Ich löse mich und reiche ihm seinen Controller. Als er ihn nimmt, sehe ich sogar ein kleines Lächeln auf seinen Lippen.
„Dir ist aber schon klar, dass du verlieren wirst, oder?", fragt Erik.
Ich lache.
„Das glaubst auch nur du."

Heinz: Wenn wir verlieren, wird er das bereuen. Wir gewinnen immer.

Lukas: Ich hoffe, dass wir verlieren. Ich habe schon die perfekte Bestrafung für ihn im Kopf. Nur zwei Wörter: Seile und Nadeln.

*

Es ist nicht nötig, diese Idee in die Tat umzusetzen. Ich gewinne die meisten Runden und wenn Erik doch einmal gewinnt, stört mich das nicht wirklich. Es ist genau so wie früher beim Spielen und die Stimmung ist ziemlich entspannt. Ab und zu mustert Erik mich skeptisch. Gerade nach seinen Siegen scheint er zu erwarten, dass ich wütend werde, aber das ist nicht der Fall. Ich bin sowieso besser, dann kann ich ihm auch ein paar Runden schenken.
Als ich nach einer Weile keine Lust mehr habe, mache ich aus und packe die Controller wieder weg. Erik

bleibt währenddessen ruhig sitzen und wartet ab. Mir entgeht nicht sein Blick, der nervös zur Uhr geht.
„Levi?", fragt er schließlich.
Er wartet, bis ich ihn ansehe, aber als ich ihn ansehe, wendet er den Blick ab und knetet nervös seine Hände.
„Darf ich nach Hause fahren?", fragt er und hebt zerknirscht den Blick.
Ich sehe auf die Uhr.
„Nein", sage ich kalt.
„Aber… ich muss noch nach Hause fahren und ich wollte noch lernen. Du weißt, wie wichtig das Studium für mich ist."
Ich gehe mit schnellen Schritten zum Sofa und gebe ihm ohne Vorwarnung eine Ohrfeige.
„Widersprichst du mir?", frage ich wütend.
„Nein!", sagt er schnell und hält sich schützend die Arme vors Gesicht. „Tut mir leid."
Ich sehe zur Uhr und dann betrachte ich wieder Erik. Nach einem langen Seufzer beschließe ich:
„In einer halben Stunde darfst du los."
Er nickt.
„Danke… Was willst du so lange noch machen?"
Ich setze mich aufs Sofa und greife nach der Fernbedienung.
„Kuscheln", verkünde ich.
Seine Augen weiten sich.
„Kuscheln?", wiederholt er misstrauisch und ängstlich.
Ich verdrehe die Augen.
„Ja, nur kuscheln. Liebe können wir auch nächstes Wochenende noch machen."
Er zuckt.
„Nächstes Wochenende?"

„Ja, nächstes Wochenende. Ich würde dich ja gerne schon früher wiedersehen, aber ich arbeite sehr viel."
Ich streiche ihm lächelnd über die Wange.
„Für unsere Zukunft", flüstere ich.
Erik hat wieder diesen starren, ausdruckslosen, klaren Blick angenommen.
„Also, kommst du zu mir oder soll ich zu dir kommen?", frage ich.
Er erwacht wieder.
„Ich komme hierher… Also, wenn das okay ist."
„Wie du magst", säusle ich, während ich anfange, ihn zu streicheln, wodurch er sich sofort anspannt. „Und jetzt lass uns endlich kuscheln."
Ich dirigiere ihn so, dass er mit seinem Kopf auf meinem Schoß liegt. Widerwillig lässt er mich machen und ich genieße die letzten Minuten mit ihm, bevor ich mich schon wieder von meiner großen Liebe trennen muss.

7. Ein Dankeschön:

Nächsten Samstag kommt Erik mich wieder besuchen. Es war eine stressige Woche und ich freue mich, das Wochenende mit ihm zu genießen. Dieses Mal ist er pünktlich zur Mittagszeit bei mir. Er hat ein paar Unterlagen von der Uni mitgebracht und lernt, während ich für uns beide koche. Ich habe ihm angeboten, sich in meinem Bett auszubreiten. Das wäre wohl gemütlicher als das Sofa, aber aus irgendeinem Grund will er nicht ins Schlafzimmer.
Als ich mit zwei vollen Tellern ins Wohnzimmer komme, räumt er seine Unterlagen zur Seite und bedankt sich für das Essen.
„Kommst du voran?", frage ich.
Er nickt.
„Ja, sehr gut."
Ich genieße stumm mein Essen.
„Wieso antwortest du eigentlich nie, wenn ich dir Fragen stelle?", fragt Erik plötzlich.
Ich verziehe das Gesicht.
„Ich antworte dir doch", sage ich.
„Nein, ich meine, wenn ich dir eine wichtige Frage stelle. Du hast mir nicht geantwortet, als ich dich gefragt habe, wie lange du mich schon liebst."
Ich betrachte einen Moment mein Essen und denke nach. Wenn ich sage, dass die Antwort schlicht keine Bedeutung hat, wird ihn das wohl nicht zufriedenstellen.
„Ich rede einfach nicht gerne über mich selbst. Das ist alles."
Er isst zwei Löffel voll und überlegt.

„Kannst du mir dann wenigstens eine Frage beantworten?", fragt er. „Nur eine?"

Heinz: Beende das Gespräch! Sofort! Du muss dich für nichts rechtfertigen!

Sue: Wenn du nicht willst, dass er dich weiter nervt, solltest du es vielleicht in Betracht ziehen.

Lukas: Oder wir ärgern ihn, indem wir etwas im Gegenzug fordern…

„Was kriege ich denn dafür?", erwidere ich grinsend.
Erik wird leicht unruhig.
„Keine Ahnung… was willst du denn?"
Ich zucke mit den Schultern.
„Ich nehme mir doch alles, was ich will", antworte ich und schmunzle.
Als ich seinen traurigen Gesichtsausdruck sehe, seufze ich.
„Ich kann dir doch nichts abschlagen", sage ich.
Sein Blick erhellt sich.
„Eine einzige Frage", stelle ich ernst fest. „Und wenn sie mir nicht gefällt, wird das nicht gut für dich ausgehen."
Erik schluckt, doch dann nickt er und denkt nach. Ich esse noch ein paar Happen, bevor er endlich seine Frage stellt:
„Wieso willst du mich nicht küssen?"
Mir wird schlecht und ich stelle meinen Teller ab. Ich schüttle leicht den Kopf.

„Ein Kuss ist etwas… Romantisches. Es würde sich nicht richtig anfühlen, das zu erzwingen. Das muss aus dem Moment heraus geschehen, weil wir uns anziehend finden… Verstehst du?", frage ich.
Er sieht mich verwirrt an.
„Aber mit mir schlafen ist okay für dich?", stößt er plötzlich hervor.
„Dafür braucht man ja keine Liebe. Für einen Kuss schon."
„Du hast es *Liebe machen* genannt!", schreit er fast.
Ich schlage mit der Faust auf den Tisch.
„Werde ja nicht frech!", sage ich ernst.
„Entschuldigung…", murmelt er kleinlaut.
Ich seufze und fahre durch meine Haare.
„Ein Kuss muss aus der Situation heraus entstehen. Im Affekt quasi. Verstehst du das?", frage ich erneut.
„Ich schätze schon…", murmelt er.
Er überlegt und lächelt schließlich.
„Irgendwie finde ich es schön, dass du auch eine romantische Seite hast. Wie du einen Kuss siehst, ist… süß, aber ich glaube, das verwirrt mich nur noch mehr."
Ich zucke mit den Schultern. Ob er verwirrt ist oder nicht, ist mir egal, solange er das macht, was ich will.

Heinz: Toll gemacht, jetzt wirkst du schwach! Wie willst du dich jetzt noch gegen ihn durchsetzen? Versager!

*

Der Tag vergeht langsam. Wir vertreiben uns die Zeit mit verschiedenen Dingen, wobei ich genau merke, dass Erik immer nervöser wird, je mehr Zeit vergeht. Er sieht immer häufiger auf die Uhr. Als ich schließlich verkünde, dass wir jetzt ins Bett gehen, fängt er an zu zittern. Ohne auf ihn zu achten, gehe ich ins Schlafzimmer und setze mich.

Lukas: Ich bin so aufgeregt! Endlich ist es wieder soweit!

Heinz: Jetzt lass alles an ihm aus.

Die Tür geht auf und Erik betritt mit wackligen Beinen das Zimmer. Nachdem er sie wieder geschlossen hat, bleibt er einfach dort stehen, mit dem Rücken zu mir, und zittert leicht.
„Ich habe mich die ganze Woche darauf gefreut…", sage ich und stehe auf.
Eilig gehe ich zu ihm und reiße ihn an mich. Erik zuckt zusammen und schluchzt auf. Ich ignoriere es, ich bin generell zu sehr in meinem Fokus, um etwas um mich herum wahrzunehmen.
Dieses Mal ist es anders als beim ersten Mal. Ich bin viel gieriger als beim ersten Mal. Offensichtlich habe ich Blut geleckt und kann mich absolut nicht mehr zurückhalten. Lukas findet das gut.

Lukas: Du hast so lange gewartet. Jetzt kannst du alles machen, also mach!

Ich nehme noch weniger Rücksicht auf Erik, sondern genieße es einfach, wie ich es am liebsten habe. In

diesem Fall eben ruppig, wild, als wäre ich vollkommen ausgehungert, was in gewisser Weise auch stimmt. Ich habe zwar nur eine Woche auf ihn verzichtet, aber jede Woche ist eine zu viel.
Als ich fertig bin, ziehe ich mich wieder kurz ins Bad zurück. Ich glaube, das ist auch für ihn ganz gut zum Herunterkommen. Als ich wieder ins Schlafzimmer gehe, sitzt Erik auf dem Bett. Er hält sich die Hände vors Gesicht und weint. In unregelmäßigen Abständen schluchzt er und sein Körper zuckt. Ich schließe die Tür. Er bemerkt mich, löst sich aber nicht aus seiner Pose.
„Ich hasse dich", murmelt er. „Ich hasse dich so sehr!"
Er ist leise, wütend und verzweifelt. Normalerweise würde ich ihm für diese Aussagen eine Lektion erteilen, aber einerseits bin ich gerade zu glücklich und andererseits zu müde.
„Alles wäre halb so schlimm ohne das…", sagt Erik.
Ich lege mich ins Bett.
„Wenn du dich mal ein bisschen entspannen würdest, könntest du es auch mehr genießen", erwidere ich.
Er entfernt seine Hände und sieht mich mit einem geschockten, aber auch extrem wütenden Blick an.
„Komm kuscheln!", fordere ich und breite meinen Arm aus.
Erik zögert einen Moment, dann legt er sich zu mir. Obwohl wir uns körperlich nahe sind, sind wir sehr weit voneinander entfernt. Er ist immer noch ziemlich unentspannt, schluchzt und weint leise vor sich hin.
Ich verdrehe nur die Augen.
„Kannst du bitte mal aufhören, zu heulen? Du machst mich ganz nass!", fahre ich ihn wütend an.

„Tut mir leid", erwidert er. „Ich versuche es…"
Er atmet ein paar Mal tief durch und schafft es tatsächlich, nicht zu weinen, was jedoch nicht bedeutet, dass es ihm besser geht. Ich streichle ihm über den Rücken, aber als ich merke, dass er bei jeder Berührung zuckt und sich noch mehr anspannt, lasse ich es und schließe einfach meine Augen.

*

Als ich am nächsten Morgen aufwache, liegt Erik nicht mehr an mich gekuschelt, sondern ein ganzes Stück von mir entfernt im Bett und schläft friedlich. Ich sehe ihn einen Moment an, bevor meine Wut mich übermannt.

Heinz: Was fällt ihm ein? Zeig ihm, dass er dir zu gehorchen hat, sonst wird er nie nach deiner Nase tanzen!

Ich wecke Erik also mit einer kräftigen Ohrfeige, woraufhin dieser aufschreckt und mich geschockt ansieht. Er braucht einen kurzen Moment, um wirklich zu realisieren, was passiert ist. Ich gebe ihm diesen, bevor ich ein zweites Mal zuschlage. Er wirkt verwirrt.
„Was denkst du dir dabei, dich einfach von mir zu lösen, während ich schlafe?", frage ich.
Erik sieht beschämt nach unten.
„Ich konnte nicht schlafen…", murmelt er.
„Es ist mir scheißegal!", sage ich. „Wenn ich mit dir kuscheln will, dann kuschelst du gefälligst mit mir! Und zwar die ganze Nacht! Verstanden?"
Er nickt nur.

„Antworte!", fordere ich und schlage noch einmal zu, woraufhin er die Lippen aufeinander presst.
„Ja, verstanden."
„Ich kann sonst auch zu Timo gehen…", drohe ich.
„Nein, bitte nicht."
Erik sieht mich bittend an.
„Dann steh auf und deck den Tisch! Im Schrank sind Aufbackbrötchen. Mach mir eines davon!", fordere ich, bevor ich ins Bad gehe.
Ich dusche und höre dabei Lukas zu, der immer noch von der letzten Nacht schwärmt. Er redet von der Intensität und dem Rausch und all solchem Zeug. Sue versucht, ihm ein bisschen von seiner Begeisterung zu nehmen, indem sie wissenschaftlich an die Sache herangeht und von Trieben, Bedürfnissen und Hormonen redet. Heinz meint währenddessen, ich solle mich lieber beeilen und nach Erik sehen, bevor er versucht, zu flüchten. Ich habe zwar wieder die Tür abgeschlossen, aber er könnte sich immer noch den Schlüssel holen.
Seine Ängste sind unberechtigt. Als ich in die Küche komme, hat Erik den Tisch gedeckt und Aufbackbrötchen im Ofen. Er hat alles zu meiner Zufriedenheit erledigt und ich lobe ihn mit einem Nicken. Wir setzen uns an den Tisch und beginnen, zu essen. Wie schon letzte Woche, hat Erik kaum Lust, etwas zu essen.
„Nächste Woche wird es schon leichter. Von Woche zu Woche, glaub mir. Du gewöhnst dich daran", sage ich.
Erik schluckt.
„Äh, nächste Woche?", fragt er nach.
Ich nicke nur.

„Aber… ich kann nächste Woche nicht", sagt er unsicher.
Sofort halte ich in der Bewegung inne, lege dann meine Brötchenhälfte hin und mustere ihn mit prüfendem Blick.
„Warum nicht?", frage ich ernst.
Er sieht unsicher aus und öffnet den Mund, um etwas zu sagen, doch ich komme ihm zuvor:
„Die Wahrheit!"
Erik nickt und ich nehme einen weiteren Bissen von meinem Brötchen.
„Ich treffe mich mit Lia."
Beinahe hätte ich mich verschluckt. Ich sehe ihn wütend an und muss mich zusammenreißen, ihn nicht über den Tisch zu ziehen.
„Ich weiß, was du denkst, aber… wir haben uns seit dem Urlaub erst einmal gesehen und das war mit Timo. Er ist das Wochenende bei seinen Eltern und denkt, dass Lia auch zu ihren fährt. Wir können endlich mal offen, in Ruhe reden und… bitte, Levi! Bitte!"

Heinz: Das kann er vergessen! Er wird sich nie wieder mit dieser Schlampe treffen!

Sue: Na ja, die beiden sind immerhin auch befreundet. Willst du ihn wirklich um all seine Freunde bringen?

Lukas: Wie wäre es, wenn wir uns ihrer Party anschließen?

Sue: Wie soll das denn aussehen?

Lukas: Na, wenn wir uns zu dritt treffen, haben wir gleich zwei Objekte, mit denen wir spielen können. Ich würde echt gerne mal hören, wie Lia vor Schmerzen schreit.

„Du darfst dich mit ihr treffen", sage ich.
Erik atmet schon erleichtert auf, da füge ich hinzu:
„Aber ich werde mitkommen."
Er weitet seine Augen.
„Was?"
Ich zucke mit den Schultern.
„Ich habe Lia auch lange nicht gesehen. Wir sind ebenfalls befreundet, weißt du? Sie freut sich sicher, mich wiederzusehen."
Erik öffnet den Mund, als wollte er etwas sagen, doch dann überlegt er es sich doch anders und schließt ihn wieder.

Heinz: Ein falsches Wort und er ist einen Kopf kürzer!

Lukas: Direkt neben uns haben wir die Küchenschublade mit ein paar interessanten Gegenständen, die ich gerne auf seinen Körper rasseln lassen würde.

Ich setze ein Lächeln auf und sehe ihn an.
„Also, wann und wo trefft ihr euch?", frage ich.
Erik schluckt.
„Äh… Bei mir, so gegen vier?"
Ich ziehe eine Augenbraue nach oben.
„Ist das eine Frage?"
„Nein, um vier. Wirklich."
Ich nicke und esse den letzten Happen meines Brötchens.

„Gleich schauen wir einen Film und kuscheln dabei auf dem Sofa", beschließe ich.
Erik seufzt und isst weiter an seiner Brötchenhälfte.
Wenig später sitzen wir zusammen auf meiner Couch. Ich lege wieder Eriks Kopf auf meinen Schoß und kraule durch seine Haare. Die Welt ist in Ordnung.

*

Vier Uhr. Da treffen sich Erik und Lia bei ihm zu Hause. Ich habe mich auf diesen Samstag gefreut, weil ich keine Ahnung habe, wie es mit den beiden wird. Außerdem freue ich mich immer darauf, Erik zu sehen. Dies kann nicht einmal von Lia gemindert werden. Trotzdem habe ich Lust, Erik wenigstens eine Weile für mich alleine zu haben. Ich beschließe deshalb, etwas früher zu ihm zu fahren. Es ist jetzt etwa drei Uhr, also haben wir noch gut eine Stunde für uns, bevor Lia kommt. Fröhlich pfeifend stehe ich vor seiner Wohnungstür und klingele. Seltsamerweise höre ich Stimmen von drinnen.
Als die Tür nach einiger Zeit geöffnet wird, steht Erik vor mir und sieht mich mit großen Augen an. Seine Haare sind ganz zerzaust und seine Wangen haben ein zartes Rosa.
„Levi... Wolltest du nicht erst in einer Stunde kommen?", fragt er nervös.
Ich betrachte ihn ernst.
„Du hast dein T-Shirt falsch herum an", bemerke ich.
Er sieht an sich herunter und fährt sich verlegen durch die Haare.
„Oh... Äh, ja, anscheinend."

Ich schubse ihn unsanft zur Seite und gehe in die Wohnung. Hinten im Flur steht Lia im Bademantel und sieht zu uns.
„Zieh dich an!", befehle ich.
Stumm dreht sie sich um und geht Richtung Schlafzimmer. Ich verschränke die Arme, seufze und sehe mich in der Wohnung um. Es sieht alles noch so aus wie an Silvester, als wir zu viert hier gefeiert haben. Ich erinnere mich daran, dass wir Bleigießen gemacht haben und Lia sich die Hand verbrannt hat.

Heinz: Ihre Schmerzen haben sich so gut angehört.

Ich bin als erster auf dem Sofa eingeschlafen, während die anderen sich auf dem Balkon noch das Feuerwerk angesehen haben, aber so richtig schlafen konnte ich nicht. Erik kam sehr bald wieder rein und hat mich zugedeckt. Ich weiß schon, wieso ich ihn liebe.
„Levi, ich weiß, wie das aussieht…", höre ich plötzlich Eriks Stimme.
Ich drehe mich zu ihm. Er hat sein T-Shirt wieder richtig angezogen und steht nun mit mir im Wohnzimmer. Bevor er fortfahren kann, greife ich mit einer Hand an seinen Hals und sehe ihn ernst an. Er schluckt.
„Sag besser nichts, bevor du mich noch anlügst", zische ich.
Ich greife nach seinem Arm und ziehe ihn ruckartig zum Balkon, wo ich ihn zwinge, über das Geländer zu sehen.
„Was meinst du passiert, wenn man da herunterfällt?", frage ich ihn.

Lukas: Nette Idee!

Erik antwortet nicht. Er will sich vom Geländer entfernen, aber ich habe meine Hand auf seinem Rücken und drücke ihn nach unten.
„Prellungen? Vielleicht ein paar Brüche?", spekuliere ich. „Wenn man nicht sehr ungünstig aufkommt, wird es einen nicht umbringen."
Erik sagt immer noch nichts.
„Also, glaub nicht, dass ich einen Moment zögern würde, dich da hinunter zu schubsen!"

Lukas: Ich habe schon lange keinen Bruch mehr gesehen.

Sue: Das würde zu viel Aufsehen erregen. Lass es lieber. Es gibt genug andere Methoden, die deutlich sicherer sind.

Erik schluckt und ich drehe meinen Kopf. Lia kommt gerade ins Wohnzimmer und sieht uns unsicher an.
„Oder...", murmele ich und lasse ihn los, um auf sie zuzugehen.
„Levi, nein!", sagt Erik und greift nach meinem Arm, um mich festzuhalten.
Ich sehe von ihm zu meinem Arm und dann wieder wütend zu ihm.
„Tu ihr nichts!", fleht er und sieht mich panisch an.
„Ich tue doch schon alles, was du willst! Bitte, lass sie in Ruhe!"
„Lass mich sofort los!"
Er nickt und gehorcht. Ich gehe trotzdem zu Lia, packe sie am Arm und ziehe sie mit mir.

„Mitkommen!", fordere ich.
„Levi!", höre ich Erik hinter mir sagen.
Ich gehe mit ihr ins Bad und schließe die Tür hinter mir ab. Lia hält so viel Abstand zu mir wie möglich und vermeidet es, zu mir zu sehen. Sie starrt auf den Boden und streicht sich eine Haarsträhne hinters Ohr. Ich warte zwei Sekunden, bevor ich die Tür wieder öffne und Erik davor steht.
„Hau ab!", fahre ich ihn an.
Er zögert.
„Was hast du mit ihr vor?", fragt er leise.
„Wenn du jetzt nicht verschwindest, viel Schlimmeres!", antworte ich sofort.
Er seufzt, dreht sich dann um und geht. Vermutlich wird er sich ins Wohnzimmer oder in die Küche setzen. Sobald er weg ist, schließe ich die Tür wieder und sehe zu Lia, die sich immer noch nicht aus ihrer Position gelöst hat.
„Hallo, Lia", sage ich in ruhigem Ton.
„Hallo", erwidert sie leise. „Danke, dass du Timo nichts gesagt hast."
Ich lehne mich gegen die Tür und verschränke die Arme vor der Brust.
„Siehst du mich bitte an, wenn ich mit dir rede?", frage ich.
Sie hebt vorsichtig den Blick und sieht ängstlich zu mir.
„Ich hätte dich gerne unter anderen Umständen wiedergesehen."
Sie nickt.
„Was hast du jetzt mit mir vor?", fragt sie.
Ich zucke mit den Schultern.

„Reden… und wenn du ehrlich bist, können wir es dabei belassen."
Lia atmet erleichtert auf.
„Okay."
„Was soll das hier?", frage ich.
Sie sieht wieder auf den Boden, ehe sie sich erinnert und wieder aufsieht.
„Was genau meinst du?", fragt sie nach.
Ich bin mir sicher, dass sie es weiß, aber beantworte trotzdem ihre Frage:
„Liebst du Erik?"
Schlagartig schüttelt sie den Kopf.
„Nein! Wirklich nicht! Ich liebe Timo!", behauptet sie.
„Warum schläfst du dann mit ihm?"
Lia wird leicht rot, antwortet aber nicht.
„Aus Mitleid? Als Dankeschön? Als Entschuldigung? Als eine Art Tauschgeschäft: Du mit ihm und er mit mir? Oder alles davon?", frage ich.
Dass sie immer noch schweigt und ihren Blick Richtung Boden senkt, zeigt mir, dass ich Recht habe.
„Du bist widerlich, Lia", sage ich kopfschüttelnd.
Sie sieht auf und mich wütend an.
„*Ich* bin widerlich? Immerhin zwinge ich ihn nicht dazu! Im Gegenteil: Ich gebe ihm das, was er will! Also, wer von uns ist hier widerlich?"
Am liebsten würde ich ihr dafür, dass sie mich beleidigt hat, wehtun.

Sue: Lass es lieber. Wenn sie das Erik erzählt, wird ihm das gar nicht gefallen.

Heinz: Ist doch egal! Er hat sowieso nichts zu melden!

Sue: Vielleicht nimmt er dann aber sein Gehorchen als wertlos auf. Er wird sich mehr widersetzen. Das willst du doch nicht.

„Wenigstens tue ich es mit Liebe im Gegensatz zu dir", sage ich.
Sie schüttelt den Kopf.
„Du hast eine seltsame Vorstellung von Liebe."
„Wie ist deine? Dass man seinen Liebsten belügt und betrügt? Ich bin immer ehrlich zu Erik."
Ihr fällt offensichtlich nichts mehr ein, denn sie schweigt. Sie hat verloren und das weiß sie.
„Dachte ich es mir doch", sage ich. „Komm, wir gehen zurück zu Erik."
Ich drehe mich um, schließe die Tür auf und trete aus dem Badezimmer. Lia folgt mir stumm. Wir gehen in die Küche, in der Erik auf einem Stuhl sitzt und wartet. Als wir kommen, steht er auf, doch ich lege ihm eine Hand auf die Schulter und drücke ihn zurück auf die Sitzfläche.
„Lia, hat er…?", fragt er.
Sie schüttelt den Kopf.
„Nein, alles gut."
Ich verdrehe die Augen.

Heinz: Als könntest du irgendjemandem etwas tun.

„Das hier…" Ich deute auf die beiden. „… ist jetzt vorbei. Wenn ich noch einmal mitbekomme, dass ihr mehr macht, als euch zu umarmen, werde ich nicht so nett zu ihr sein."

Keiner von beiden reagiert. Ich hoffe einfach mal für sie, dass sie es verstanden haben.
„Was habt ihr denn geredet?", fragt Erik.
„Unwichtig", antworte ich sofort und sehe zu Lia.
„Dreh dich um!"
Als sie gehorcht, hocke mich vor ihn auf den Boden, nehme Eriks Hände und lächle ihn an.
„Ich möchte dir eine Frage stellen", sage ich sanft.
Er sieht mir in die Augen und nickt.
„Du weißt, dass du zu mir immer ehrlich sein musst?"
Wieder nickt er.
„Klar."
Ich seufze.
„Empfindest du etwas für sie?", frage ich.
Erik sieht zu Lia und dann wieder zu mir.
„Nein", sagt er.
Ich sehe ihn stumm an und frage mich, wie man so schöne Augen haben kann.
„Glaubst du mir?", fragt er nach.
Ich lächle leicht und nicke.
„Natürlich", antworte ich und nehme ihn fest in den Arm.
Er lässt mich einfach machen und so verharren wir einige Sekunden in dieser Position. Als ich mich wieder löse, sieht Lia wieder zu uns.
„Hatte ich nicht gesagt, du sollst dich umdrehen?", frage ich und stehe wieder auf.
„Tut mir leid... Ihr seid nur süß zusammen."
Ihr Lächeln ist nervös. Ich sehe zu Erik, der nun auf den Boden sieht.

„Ich glaube, ich fahre bald wieder. Euch beide zusammen ertrage ich nicht das ganze Wochenende", verkünde ich.
„Wir können doch vorher noch etwas zusammen spielen", schlägt Lia vor und knetet die Hände. „Das haben wir lange nicht gemacht."
„Na schön und dann fahre ich." Ich sehe zu Erik und hebe sein Kinn, sodass er mich ansehen muss. Er soll mir gut zuhören. „Dafür kommst du nächsten Freitag schon zu mir, okay?"
Er schluckt.
„Ich soll… zwei Nächte bei dir bleiben?", fragt er nach. Ich nicke lächelnd.
„Ich habe viel vor. Also, komm so früh du kannst!"
Er schnappt kurz nach Luft. Nach einiger Überlegung nickt er.
„Okay."
Lia klatscht in die Hände.
„Jetzt aber hinfort mit der schlechten Stimmung! Lasst uns etwas spielen!"

Heinz: Mach sie fertig, bis sie heult.

8. Nähe:

Nervös knete ich meine Hände und wippe mit dem Fuß. Ich sitze auf meinem Sofa und sehe immer wieder zur Uhr. Es ist Freitagnachmittag. Erik sollte bald kommen. Seufzend stehe ich auf und laufe in der Wohnung umher.

Marie: Mach dir keine Sorgen. Es wird alles gut gehen.

Es tut gut, ihre Stimme zu hören. Hoffentlich hat sie Recht.

Marie: Es wird ihm gefallen. Ganz sicher. Mach einfach alles wie geplant.

Und wenn der Plan nicht funktioniert?

Marie: Dann improvisierst du. Keine Angst, zur Not helfe ich dir.

Ich bin ihr so dankbar für ihre Hilfe. Ich beschließe, schon mal ein paar Dinge vorzubereiten, während ich auf Erik warte, damit wir keine Zeit verlieren. Ich will keinen Zeitdruck haben. Das würde einiges kaputtmachen, aber trotzdem wird Erik abends sicher müde sein. Er musste doch heute noch zur Uni und früh aufstehen.
Ich bin erleichtert, als es endlich an der Tür klingelt. Schnell mache ich auf und beobachte, wie Erik das Treppenhaus nach oben kommt. Er sieht erschöpft aus,

vielleicht ein bisschen traurig, aber ich lasse mir meine
Laune davon nicht kaputtmachen.
„Hallo, mein Liebster!", sage ich und nehme ihn fest in
den Arm.
Ich löse mich von ihm und nehme ihm seine Tasche ab.
„Wie geht es dir?", frage ich und hole meinen Schlüssel
heraus.
Ich stecke ihn in das Türschloss, um abzuschließen.
„Ach, Levi, das muss nicht sein", meint Erik. „Ich laufe
nicht weg."
Unsicher sehe ich ihn an.
„Ich gehe lieber auf Nummer Sicher."
„Vertraust du mir nicht?"
Ich sehe zur Tür und dann wieder zu ihm.
„Na gut", sage ich und schließe wieder auf.
Erik wirkt verblüfft über meine Entscheidung, bedankt
sich aber. Keine Ahnung, was ihm die offene Tür
konkret bringt, aber solange er sich wohler fühlt, ist es
mir recht.
„Möchtest du etwas trinken?", frage ich.
„Gerne", sagt er. „Cola?"
Ich nicke und gehe in die Küche. Kurz darauf komme
ich mit einem vollen Glas zurück, das ich Erik reiche.
„Danke", sagt er und trinkt einen Schluck.
Ich nehme seine Tasche und bringe sie ins
Schlafzimmer. Als ich zurückkomme, leert Erik gerade
sein Glas.
„Noch mehr?", frage ich.
Er schüttelt den Kopf, also nehme ich sein Glas und
stelle es auf einer Kommode ab. Ich setze ein sanftes
Lächeln auf und greife nach Eriks Hand. Sobald er
merkt, dass wir Richtung Schlafzimmer gehen, bleibt

er stehen und blockiert. Ich drehe mich zu ihm und lache leicht.
„Was ist los?", frage ich.
„Levi…", murmelt er und schüttelt den Kopf. „Bitte nicht…"
Wieder lächle ich.
„Du weißt doch noch gar nicht, was ich vorhabe!"
Er zögert.
„Na, du willst doch bestimmt mit mir…"
Jetzt lache ich lauter.
„Was? Nein", sage ich.
Er sieht mich stumm an, womöglich skeptisch.
„Kommst du jetzt?"
Ich gehe weiter und Erik kommt mit mir. Im Schlafzimmer habe ich zwei große Badehandtücher auf das Bett gelegt.
„Zieh dich aus!", sage ich und krame in der Nachttischschublade.
Doch als ich mich zu Erik umdrehe, steht er immer noch unsicher im Raum.
„Levi, ich habe Angst", gesteht er.
Ich gehe zu ihm und nehme sein Gesicht in meine Hände. Ich lächle ihn sanft an und sehe ihm in die Augen.
„Das musst du nicht. Willst du wissen, was ich mit dir vorhabe?", frage ich.
Er nickt.
„Also, du wirst dich jetzt dort hinlegen, dich entspannen und dann werde ich dich schön massieren."
Ich löse mich von ihm, nehme das Massageöl vom Nachttisch und halte es hoch.

„Mich massieren?", wiederholt er.
Ich nicke lächelnd.
„Ja, zieh dich bitte aus. Du kannst die Unterwäsche auch anlassen."
Erik zieht sich stumm aus und legt die Klamotten zur Seite. Mit einer Handbewegung deute ich ihm, sich hinzulegen, was er nach kurzem Zögern auch macht. Trotzdem sieht er immer noch unsicher und angespannt aus.

Marie: Das ändern wir gleich. Keine Sorge, du kannst das. Es wird ihm bestimmt gefallen.

Ich träufele mir etwas von dem Öl auf die Hände und beginne, seine Waden zu massieren.
„Du musst doch ganz erschöpft sein, von dem ganzen Stress in der letzten Zeit", sage ich.
„Schon…", erwidert er unsicher.
Ich gehe zu ihm hoch und hauche ihm einen Kuss in den Nacken.
„Jetzt schließ die Augen und genieß es!", flüstere ich.
Erik tut, was ich sage, und ich mache weiter damit, ihn zu massieren. Ich merke, wie er sich immer mehr entspannt und fühle mich in meinem Tun bestätigt. Von Zeit zu Zeit seufzt Erik oder gibt ein wohliges Grummeln von sich. Als ich seine Schultern massiere, stöhnt er sogar ganz leise.
„Das fühlt sich so gut an", murmelt er.
„Freut mich, dass es dir gefällt", antworte ich schmunzelnd.
„Warum kannst du das so gut?"

Er öffnet seine Augen und sieht mich aus dem Augenwinkel an.
„Meine Mutter hat als Masseurin gearbeitet, bis…"
Mein Lächeln vergeht und ich stocke.
„Bis?", fragt Erik nach.

Marie: Du musst nicht darüber reden, wenn du nicht willst. Alles gut.

Ich schüttle den Kopf.
„Egal… Dreh dich auf den Rücken!"
Erik macht sofort, was ich sage.
„Dann wird das Handtuch schmutzig", sagt er, während er sich dreht.
„Das macht nichts."
Ich mache mir noch etwas Öl auf die Hände und verteile es auf seiner Brust. Erik schließt wieder seine Augen und genießt es. Ich betrachte ihn lächelnd.

Marie: Ich sagte doch, dass es ihm gefallen würde.

*

Ich massiere Erik am ganzen Körper und er fühlt sich sehr wohl. Ich merke es an seiner entspannten Haltung und an dem leichten Lächeln, das sich ab und zu auf seine Lippen legt. Als ich fertig bin, frage ich:
„Möchtest du deine Massage mit Happyend?"
Ich fahre mit meinem Finger den Rand seiner Unterhose entlang. Eriks Wangen röten sich sofort.
„Äh… Wie du willst?", fragt er vorsichtig, als hätte er Angst, eine falsche Antwort zu geben.

„Na, das musst du doch wissen", sage ich leicht lachend.
„Ähm… Ich…", stammelt er.
Ich runzle die Stirn und zucke mit den Schultern.
„Wenn du nicht willst, dann halt nicht…"
Ich nehme meine Hände von ihm und will mich gerade von ihm entfernen, da sagt er:
„Doch! Äh… mit Happyend, bitte."
Ich lache.
„Wie du willst…"
Ich ziehe vorsichtig seine Unterhose herunter. Erik dreht beschämt den Kopf zur Seite. Der Ton auf seinen Wangen steht ihm unglaublich gut.
„Entspann dich", sage ich. „Deine Aufgabe ist es einfach nur, zu genießen."

*

Ich lehne mich über Erik und sehe ihm grinsend in die erschöpften Augen.
„Na, wie war das?", frage ich.
Er atmet ein paar Mal durch, bevor er mit heiserer Stimme antwortet:
„Schön… Danke."
Ich lächle ihn sanft an und streichle ihm über die Wange. Ihm fallen fast die Augen zu.
„Möchtest du ein bisschen schlafen?", frage ich leise.
Er nickt.
„Dann schlaf", flüstere ich.
Ich hole eine Decke und decke ihn damit zu.
„Aber jetzt bist du doch gar nicht…", murmelt er und sieht mich unsicher an.

Ich lache leise.
„Das macht nichts", sage ich und gebe ihm einen Kuss auf die Stirn. „Ruh dich aus, solange du willst."
Ich löse mich von ihm, gehe möglichst leise aus dem Raum und schließe die Tür hinter mir.

Marie: Ich bin stolz auf dich.

Mein Weg führt in die Küche und ich beschließe, Brownies zu machen. Erik liebt diese kleinen Küchlein und könnte sie jeden Tag essen. Er freut sich bestimmt, wenn ich für ihn backe. Ich suche mir aus dem Internet ein Rezept, das nicht zu kompliziert ist, und dann in meiner Küche nach den Zutaten. Da mir einiges fehlt, beschließe ich, noch schnell einkaufen zu gehen. Ich ziehe los und schließe die Tür hinter mir ab. Nicht, dass Erik weg ist, wenn ich zurückkomme.

*

Als ich wiederkomme, ist es in der Wohnung leise. Ich stelle meine Einkäufe ab und gehe zum Schlafzimmer. Vorsichtig öffne ich die Tür und spähe hinein. Erik liegt im Bett und schläft tief und fest, was mir ein Lächeln ins Gesicht zaubert. Wie gerne würde ich mich zu ihm legen und mit ihm kuscheln, aber ich möchte die Brownies backen, bevor er aufwacht.
Das Rezept ist wirklich nicht besonders komplex. Ich komme ganz gut klar und summe nebenbei ein Lied vor mich hin. Nachdem der Teig fertig ist, gieße ich ihn ins Backblech und schiebe das Ganze in den Ofen. Während ich warte, räume ich ein bisschen auf.

Als ich die Brownies auf den Herd stelle, kommt Erik wieder vollständig angezogen in die Küche. Er sieht noch etwas zerzaust aus, aber entspannt und ausgeruht.
„Na?", frage ich lächelnd. „Ausgeschlafen?"
„Ja…"
Ich deute auf einen Stuhl.
„Setz dich. Du kommst genau richtig, ich habe Brownies für dich gemacht."
„Für mich?", wiederholt er ungläubig.
„Für wen denn sonst?"
Ich hole ein Messer aus der Schublade und fange an, den Kuchen in Stücke zu schneiden.
„Sie sind noch ein bisschen heiß. Wir warten besser noch einen Moment, nicht dass du dich verbrennst."
Ich drehe mich zu ihm um und lächle ihn an. Er sieht etwas verunsichert aus.
„Levi?"
„Ja?"
„Ist heute irgendetwas Besonderes?"
Ich verziehe verwirrt das Gesicht.
„Ich meine… Warum bist du so nett zu mir?", fragt er nach.
Jetzt sehe ich von einer Seite zur anderen. Das, was er sagt, kränkt mich.
„Aber… ich bin doch immer nett zu dir", sage ich und sehe ihn an.
Er sieht mir an, wie traurig er mich gemacht hat, und sagt schnell:
„Ja, schon, aber du hast noch nie Brownies für mich gemacht. Und du fragst auch sonst nicht, was ich will, sonst machst einfach das, was du willst."

Ich drehe mich um und hole einen Teller aus dem Schrank.
„Levi?", fragt er nach.
„Ich verstehe dich nicht. Ich gebe mir so viel Mühe für dich und du…"
Erik steht auf und kommt zu mir.
„Das sehe ich und ich bin dir wirklich dankbar dafür."
Er nimmt mich fest in den Arm.
„Also, freust du dich?", frage ich.
„Sehr. Der Nachmittag ist wunderschön."
Ich lächle.
„Setz dich hin! Jetzt gibt es Brownies."
Erik setzt sich und ich packe ihm drei kleine Brownies auf den Teller. Ich setze mich ihm gegenüber und stelle den Teller vor ihm auf den Tisch. Gespannt warte ich darauf, dass er probiert. Nachdem er einen Bissen genommen hat, schließt er genießerisch die Augen.
„Sie sind köstlich", sagt er. „Danke."
Ich lächle ihn zufrieden an.
„Das freut mich. Es steckt viel Liebe darin."
Er nickt und beißt noch einmal ab. Ich sehe ihm einfach dabei zu.
„Sicher, dass heute nichts Besonderes ist? Oder ist in den letzten Tagen irgendetwas passiert?", fragt er.
Ich sehe einen Moment nachdenklich ins Leere, bevor ich den Kopf schüttle.
„Nein, ich weiß nicht, was du meinen könntest."
Erik seufzt und greift nach dem nächsten Brownie. Ich lege meine Hand auf seine und streichle sanft darüber.
„Ich freue mich so, dass du da bist."
Er schmunzelt, wirkt aber gleichzeitig beschämt.

„Es ist mir unangenehm, wenn du so mit mir redest…", murmelt er.
„Aber wieso? Ich liebe dich doch so sehr, Erik."
Er antwortet nicht, sondern verspeist seinen letzten Brownie.
„Noch mehr?", frage ich.
„Ja, bitte."
Ich stehe auf, um ihm noch mehr auf den Teller zu tun, da entdeckt er einen Kalender hinter mir an der Wand, steht auf und geht hin. Ich lasse mich nicht beirren, sondern packe ihm vorsichtig die Brownies auf, ehe ich mir selbst auch welche nehme.
„Maries Geburtstag", liest er vom Kalender vor. „Mit einem Herzchen… Wer ist das?", fragt er.
Ich setze mich wieder und schmunzle.
„Du musst nicht eifersüchtig werden, mein Schatz. Marie ist meine Schwester."
Erik kommt wieder zum Tisch.
„Deine Schwester hat heute Geburtstag? Warum hast du das nicht erwähnt?"
Ich sehe unsicher von einer Seite zur anderen.
„Ich… wusste nicht, dass das eine Rolle spielt."
Erik nickt und sieht nachdenklich auf den Tisch.
„Habt ihr ein gutes Verhältnis zu einander?", fragt er weiter.
Ich atme schneller. Seine Fragen überfordern mich.
„Ich will nicht darüber reden…"
Aber er gibt nicht so leicht auf.
„Bitte, das bin doch nur ich. Du kannst mir vertrauen."
Ich knete meine Hände und überlege.
„Na schön… Wir haben seit Jahren keinen Kontakt mehr."

„Warum nicht?"
Ich kneife die Augen zusammen und schüttle den Kopf, um deutlich zu machen, dass ich das nicht beantworten werde.
„Aber sie bedeutet dir viel, oder?"
Ich nicke.
„Warum rufst du sie nicht an? Sie freut sich bestimmt, wenn du ihr zum Geburtstag gratulierst!"
Ich schüttle den Kopf. Das will ich nicht und ich bezweifle, dass sie noch mit mir reden möchte, nachdem ich mich jahrelang nicht gemeldet habe.
„Lass uns über etwas Anderes reden… Wie geht es dir? War es schön letzte Woche mit Lia?", frage ich.
Erik sieht mich unsicher an.
„Levi, das zwischen ihr und mir ist vorbei. Du musst dir keine Sorgen mehr darum machen. Vertrau mir einfach… Ja?"
Ich nicke und greife wieder nach seiner Hand.
„Du brauchst sie nicht. Ich gebe dir schon alles, was du brauchst. Ich kümmere mich gut um dich."
Erik lächelt und es ist wohl das schönste Lächeln, das ich je gesehen habe.
„Du bist echt süß", sagt er.
Ich wende verlegen den Blick ab. Ich rede nicht gerne über mich selbst. Er ist der tollste Mensch der Welt.
„Was willst du jetzt machen?", frage ich ihn.
Er sieht auf die Uhr, aber zum ersten Mal scheint er dabei keine Angst zu verspüren, sondern sich wohlzufühlen.
„Wir könnten schauen, was im Fernsehen läuft, und auf dem Sofa kuscheln", schlägt er vor.

Sein Blick ist etwas nervös, doch er entspannt sich sofort, als ich sage:
„Klingt gut."
Wir nehmen die Brownies mit ins Wohnzimmer und setzen uns auf die Couch.
„Darf ich vielleicht kurz telefonieren?", fragt Erik.
„Natürlich", sage ich.
„Auf dem Balkon?"
Ich nicke und schalte den Fernseher ein. Er geht auf den Balkon und holt sein Handy heraus. Ich mache den Ton aus und höre ihm zu.
„Lia? Ich muss dir dringend etwas erzählen!", sagt er.
Sie sagt etwas, worauf er sagt:
„Du wirst es nicht glauben. Er ist ein Engel geworden!"
Ich schmunzle leicht.

Marie: Er hat dich Engel genannt! Wie süß!

„Erzähle ich dir später. Jedenfalls habe ich dann herausgefunden, dass heute seine Schwester Marie Geburtstag hat... Das habe ich mir nämlich auch gedacht... Ja, mach das, ich gehe wieder zu ihm... Mache ich. Bis dann!"
Er legt auf und kommt wieder ins Wohnzimmer. Ich sehe ihn neugierig an.
„Wieso hast du ihr von meiner Schwester erzählt?", frage ich.
Er stockt, wartet einen Moment und setzt sich dann zu mir aufs Sofa.
„Ich habe mich nur so gefreut, dass du mir von ihr erzählt hast... Du erzählst sonst nie viel von dir."

Ich bin unsicher, nicke jedoch und deute dann auf den Fernseher.
„Es läuft eine Quizshow. Wollen wir uns das ansehen?"
„Gerne", erwidert er und kuschelt sich an mich.
Ich lege einen Arm um ihn und mache den Ton wieder an. Wir sitzen eine ganze Weile auf dem Sofa. Irgendwann legt Erik wie immer seinen Kopf auf meinen Schoß und ich kraule ihm durch die Haare. Als mir langsam die Augen vor Müdigkeit zufallen, fragt Erik, ob wir nicht lieber ins Bett gehen wollen. Ich freue mich über seine Fürsorge und bejahe.
Auch im kuscheligen Bett schmiegt sich Erik direkt ganz selbstverständlich an mich und macht mich damit überglücklich.
„Der Geburtstag deiner Schwester war wirklich schön", flüstert er.
„Ja, früher auch schon immer... Er wird nur durch eine Sache verschlechtert."
Er sieht mich an.
„Und die wäre?"
„Einen Tag nach ihr hat mein Vater Geburtstag", erzähle ich.
Erik verzieht verwirrt das Gesicht.
„Was heißt das?"
Ich lächle und gebe ihm einen Kuss auf die Stirn.
„Schlaf jetzt", flüstere ich und schließe meine Augen.

*

Am nächsten Morgen wache ich auf und verspüre eine seltsame Unruhe in mir. Ich atme schneller und verkrampfe meine Hände. Als ich mich aufsetze, fange ich an, mir über die Arme zu kratzen vor Nervosität. Mein Blick fällt auf Erik, der ruhig neben mir im Bett liegt und schläft.

Heinz: Es bringt doch nichts! Du hast dir so viel Mühe gegeben. Wofür? Für diesen undankbaren Idioten?

„Steh auf!", schreie ich ihn an.
Erik öffnet langsam die Augen und sieht mich verwirrt an.
„Levi?", fragt er.
„Du sollst aufstehen, habe ich gesagt!"
Ich stehe auf und reiße ihn an seinen Haaren aus dem Bett. Er schreit und schluchzt und sieht mich mit Tränen in den Augen vom Boden aus an.
„Was ist denn los?", fragt er.
Ich hebe mahnend den Zeigefinger.
„Du hast auf mich zu hören, wenn ich dir etwas befehle! Vergiss nie, wer von uns das Sagen hat! Und jetzt komm frühstücken!"
Ich gehe voran in die Küche. Erik folgt mir geknickt und weint dabei stumm vor sich hin.

Heinz: Was habe ich dir immer beigebracht?

„Erik?", frage ich und warte, bis er mich ansieht.
„Lerne Leiden ohne Klagen!"
Ich setze mich an den Küchentisch und Erik bleibt unsicher im Raum stehen, woraufhin ich die Augen verdrehe.

„Muss ich dir eigentlich alles erklären? Deck den Tisch!", befehle ich.
Stumm fängt er an, Teller aus dem Schrank zu holen.
„Ich gehe jetzt ins Bad. Wenn ich wiederkomme, bist du gefälligst fertig!", sage ich und verlasse die Küche. Auf dem Weg überprüfe ich noch einmal, ob die Haustür abgeschlossen ist, dann mache ich mich im Badezimmer frisch. Als ich zurückkomme, ist Erik fertig und knetet nervös seine Hände.
„Fehlt dir noch etwas?", fragt er nach.
Ich schüttle den Kopf.
„Nein, setz dich."
Wir frühstücken in aller Ruhe, aber die Unruhe weicht nicht von mir. In meinem Inneren herrscht eine Spannung, die ich auch den restlichen Tag nicht loswerde. Der Tag ist ein typischer Geburtstag voller Leid und Schmerz. In diesem Jahr für Erik.
Wir vertreiben uns die Zeit mit verschiedenen… Experimenten. Ich finde heraus, wie lange Erik es aushält, nicht auf die Toilette zu gehen. Nach langen Minuten des Flehens und Bettelns lasse ich ihn dann doch. Letztendlich wäre es mir egal. Wenn ihm ein Malheur passiert wäre, hätte er es saubermachen müssen.
Außerdem teste ich in der Badewanne, wie lange Erik die Luft anhalten kann. Selbst als er zappelt, halte ich ihn noch fest und ziehe ihn erst im allerletzten Moment hoch. Ich frage mich, was das für ein Gefühl ist, dem Tod so nahe zu sein, quasi direkt ins Auge zu sehen, und dann doch wieder ins Leben zurückzukehren. Ich hätte es gerne selbst ausprobiert,

aber ich vertraue Erik nicht genug, um es selbst zu machen.
Später bekomme ich einen Anruf von einem Arbeitskollegen. Während ich mich an meinen Laptop setze und arbeite, sperre ich Erik nach draußen auf den Balkon. Auch wenn er es bestimmt nicht zugeben würde, ist diese Ausgrenzung und Ignoranz sicher nicht angenehm für ihn.
Zwischendurch essen wir noch etwas und am Abend lasse ich meinen ganzen Unmut und meine ganze Wut an ihm aus, indem ich etwas tue, das ich schon lange tun wollte: Ich schlage ihn mit einem Gürtel. Ich mache es im Wohnzimmer auf seinem nackten Rücken. Bei jedem Schlag schreit und weint Erik und sein Leiden verschafft mir ein wenig Genugtuung. Wenigstens bin ich nicht der Einzige, dem es heute schlecht geht.
„Zieh dich wieder an!", sage ich und werfe den Gürtel zur Seite. „Oder warte, lass es. Wir gehen direkt ins Schlafzimmer."
Erik steht langsam auf und geht mit wackligen Beinen auf mich zu.
„Levi… Bitte!", sagt er und hört nicht auf, zu weinen.
Ich sehe ihn stumm an.
„Ich kann nicht mehr", murmelt er und schüttelt den Kopf.
Wütend greife ich ihn am Ohr und ziehe ihn mit mir zum Schlafzimmer.
„Lerne Leiden ohne Klagen, Erik! Lerne Leiden ohne Klagen!", schreie ich und schubse ihn aufs Bett.

Heinz: Zeig ihm endlich, wer du wirklich bist! Du bist doch kein Waschlappen!

Erik schluchzt und weint und hört auch den gesamten Abend nicht mehr damit auf. Es ist eine schöne Hintergrundmusik, während ich meine Wut und meine Lust an ihm auslasse.

*

Das erste, was ich am nächsten Morgen wahrnehme, sind meine furchtbaren Kopfschmerzen. Ich drehe mich im Bett um und betrachte Erik, der neben mir liegt und schläft. Er wirkt angespannt und unruhig, als würde er schlecht träumen. Trotzdem sieht er unfassbar süß aus. Ich hebe langsam meine Hand und streichle über seine Wange. Er wacht auf und sieht mich an, dabei weiten sich seine Augen. Erschrocken weicht er zurück und fällt rückwärts aus dem Bett.

Sue: Das hat bestimmt wehgetan.

„Erik? Ist alles okay?", frage ich.
Er rappelt sich auf und geht eilig Richtung Tür.
„Bleib weg von mir!", sagt er panisch und rennt aus dem Zimmer.

Heinz: Die Tür ist abgeschlossen. Der kommt nicht weit.

Aber Erik rennt gar nicht zur Haustür. Er geht ins Badezimmer und schließt sich ein. Ich sehe ihm verwirrt nach. Was hat er denn? Ich habe ihm doch nur über die Wange gestreichelt, das habe ich doch schon

öfter gemacht. Seufzend stehe ich auf und gehe zur Badezimmertür, an die ich vorsichtig anklopfe.
„Erik?", frage ich. „Alles in Ordnung?"
„Hau ab! Verschwinde!", höre ich ihn schluchzend rufen.

Heinz: Sag, er soll sofort rauskommen, sonst tust du ihm richtig weh!

Lukas: Ich habe auch schon eine Idee. Wir nehmen uns ein Messer und verunstalten sein Gesicht. Dann können es alle sehen.

Marie: Entschuldige dich bei ihm. Wenn er merkt, dass es dir leidtut, verzeiht er dir bestimmt.

Heinz: Wofür sollen wir uns denn entschuldigen? Wir haben nichts falsch gemacht! Außerdem entschuldigen sich nur Weicheier!

Sue: Warte doch einfach ab. Er kann nicht ewig da drinnen bleiben.

„Du musst sowieso irgendwann wieder herauskommen", sage ich.
Er überlegt wohl einige Sekunden.
„Was machst du dann?", fragt er vorsichtig.
„Mit dir reden?", erwidere ich, als sei es selbstverständlich.
„Nur reden?"
Ich verdrehe die Augen.
„Ja, nur reden. Vielleicht umarme ich dich auch."

„Versprichst du es?"
„Ja, ich verspreche es!"
Es ist ein paar Sekunden lang still, bevor ein Klacken ertönt und Erik ganz langsam und vorsichtig die Tür öffnet.
„Geh weg!", fordert er.
Ich hebe die Arme und gehe zwei Schritte zurück.
„Komm, wir setzen uns aufs Sofa und reden", sage ich und seufze.
Erik folgt mir mit einigem Sicherheitsabstand und setzt sich auch auf dem Sofa ein ganzes Stück von mir entfernt hin.
„Was ist los?", frage ich und setze mich näher an ihn heran.
„Was ist mit dir los?", erwidert er. „Erst bist du super nett und dann... ein Monster und jetzt tust du wieder so, als wäre nichts passiert!"
Ich wende meinen Blick ab und schweige, weil ich nicht weiß, was ich dazu sagen soll.
„Levi... Sag Timo meinetwegen alles von Lia und mir. Ich kann das nicht mehr. Ich halte es nicht aus."
Ich schüttle den Kopf.
„Du weißt, dass ich ohne dich nicht leben könnte. Selbst wenn Timo die Wahrheit wüsste, würde das nichts ändern", erkläre ich.
Er schluchzt leise, reißt sich dann aber zusammen.
„Du bist so schwer zu durchschauen... In einem Moment bist du so lieb und dann denke ich, dass alles gar nicht so übel, vielleicht sogar ganz schön ist, aber dann zeigst du dein anderes Gesicht und ich weiß nicht, was davon du bist. Beides?"

Ich zucke mit den Schultern, nicke dann und zucke anschließend wieder mit den Schultern.
„Ich versuche doch nur, dich zu verstehen… Aber ich verstehe gar nichts. Kannst du es mir nicht erklären?", fragt er.
Ich schüttle verwirrt den Kopf.
„Was soll ich denn erklären?"
Erik muss nicht lange überlegen:
„Wieso bist du so?"
Ich fahre mir mit den Händen über das Gesicht. Ich hasse seine Neugier, ich hasse seine Fragen und ich hasse es, dass ich ihm gerne Antworten geben würde, aber es nicht kann.
„Hast du nächste Woche einen Vormittag Zeit?", frage ich.
„Was?"
„Kannst du nächste Woche einen Vormittag freimachen?"
Er überlegt einen Moment.
„Mittwoch?"
Ich nicke.
„Okay, dann komm früh morgens zu mir."
„Was hast du vor?", fragt er misstrauisch nach.
„Sei nicht so neugierig!", sage ich und stehe auf.
Ich gehe zur Haustür und schließe sie auf.
„Du darfst gehen", sage ich und setze mich wieder aufs Sofa.
Erik sieht mich stumm an.
„Na los, geh schon!", befehle ich.
„Danke…"
Er steht auf, geht noch einmal ins Bad und packt anschließend seine Sachen. Ich sitze immer noch auf

dem Sofa, als er an mir vorbei zur Haustür geht. Er bleibt noch kurz stehen und sieht mich unsicher an.
„Äh… Bis Mittwoch."
Ich bleibe stumm auf dem Sofa sitzen, bis ich höre, wie die Haustür zufällt. Dann gehe ich einige Schritte und trete fest gegen das Polster der Couch.

9. Schicksalsnacht:

Mittwochmorgen sitze ich wie auf heißen Kohlen und sehe immer wieder auf die Uhr. Wir haben eigentlich überhaupt keine Zeit zu verlieren, weswegen ich hoffe, dass Erik möglichst bald bei mir ist.

Sue: Ich weiß echt nicht, ob das eine gute Idee ist.

Marie: Ich denke schon. Langfristig ist es bestimmt das Beste für euch beide.

Heinz: Ich verstehe echt nicht, warum du schon wieder etwas für ihn machst. Lass ihn doch heulen, nicht dein Problem!

Sie verstummen, als es an der Tür klingelt. Ich mache schnell auf und sehe Erik, wie er die Treppen nach oben kommt.
„Du brauchst deine Jacke nicht auszuziehen. Wir fahren direkt wieder los. Willst du vorher noch zur Toilette?", frage ich.
Er braucht ein paar Sekunden, um die Informationen zu verarbeiten, dann nickt er.
„Ist bestimmt besser."
Anschließend gehen wir zusammen aus der Wohnung zu meinem Auto. Ich setze mich auf den Fahrersitz und Erik sich auf den Beifahrersitz.
„Verstell ruhig den Sitz. Wir haben eine lange Fahrt vor uns", sage ich und drehe den Schlüssel im Zündschloss herum.
„Wo fahren wir denn hin?", fragt Erik.

„Das wirst du noch früh genug erfahren."
Ich konzentriere mich auf den Verkehr und er macht es sich auf seinem Sitz gemütlich und gähnt.
„Willst du noch ein bisschen schlafen?", frage ich.
„Ja, das wäre schön. Ich war gestern viel zu lange auf", erzählt er.
„Hast du gelernt?"
„Auch."
Ich runzle die Stirn, aber bevor ich nachfragen kann, erzählt er:
„Timo hat mich angerufen. Wir haben lange nicht miteinander geredet. Ich bin ihm eher aus dem Weg gegangen wegen Lia und dir, na ja… Wir wollen auf jeden Fall mal wieder etwas spielen oder uns treffen. Mit dir, natürlich. Also, du kannst dich schon einmal darauf einstellen, dass er sich bei dir meldet…"
Ich werfe einen kurzen Blick zur Seite und sehe in sein unsicheres Gesicht.
„Du musst keine Angst haben. Ich werde ihm nichts erzählen. Ich will dir doch nichts Schlechtes."
„Manchmal siehst du mich ziemlich gerne leiden…"
Ich antworte ihm nicht.
„Und manchmal bist du ganz normal und klar. So wie jetzt. Und manchmal bist du super süß und liebevoll." Er legt sich, so gut es geht, hin und schließt die Augen. „Dann mag ich dich am liebsten."
Ich schmunzle, lege ihm die rechte Hand auf das Bein und streichle ein wenig darüber.
„Ich habe dich auch lieb", sage ich. „Ruh dich aus. Wir sind bald da."

*

Die Fahrt dauert mehrere Stunden und Erik verschläft die meiste Zeit davon. Ich höre Radio oder lausche den üblichen Gesprächen in meinem Kopf. Langweilig ist es auf jeden Fall nicht und wenn doch, hätte ich immer noch Erik wecken können, aber so süß wie er beim Schlafen aussieht, hätte ich das wohl nicht übers Herz gebracht. Er sabbert sogar ganz leicht, aber zum Glück nicht in mein Auto.

Heinz: Wenn der unser heiliges Auto beschmutzt, dann überfahren wir ihn damit!

Als Erik aufwacht, sieht er mich verschlafen an und reibt sich über die Augen.
„Wir sind fast da", sage ich und blicke auf mein Navi.
„Eine Viertelstunde noch."
Er nickt.
„Willst du mir jetzt vielleicht erzählen, wo wir hinfahren?"
Ich schmunzle. Seine Reaktion wird köstlich, ich weiß es jetzt schon.
„Zu meinen Eltern."
Einige Sekunden lang ist es still. Er sieht mich ungläubig an, als könnte ich jeden Moment sagen, dass das nur ein Witz war.
„Du willst mich deinen Eltern vorstellen?", fragt er.
Ich nicke.
„Eher andersherum, aber ja, das ist der Plan."
Erik sieht ziemlich geschockt aus.
„Ist das nicht ein bisschen früh?", fragt er.

Ich lache. Prinzipiell hat er Recht, aber meine Intention ist es nicht, ihn mit meinen Eltern bekannt zu machen, um zu sehen, ob sie ihn mögen. Das werden sie sowieso nicht.
„Du musst keine Angst haben. Ich bin die ganze Zeit über bei dir", sage ich.
Erik lehnt sich seufzend zurück und wartet die restlichen Minuten ab, bis ich in unserer alten Straße parke.
„Hättest du mir das doch früher gesagt. Ich hätte Blumen mitgebracht", sagt er und öffnet die Tür.
Ich bleibe stumm sitzen und atme tief durch. Der Anblick unseres Hauses weckt in mir zu viele Erinnerungen.
„Kommst du?", fragt Erik.
Ich nicke und steige ebenfalls aus.
„Das ist es", sage ich und deute auf ein mittelgroßes Anwesen mit kleinem Garten. „Ich sollte dich besser vorwarnen. Meine Eltern sind etwas..."
„Das sind sie doch alle!", meint Erik lachend.
Ich möchte widersprechen, dass meine wirklich schwierig sind, lasse es dann aber doch. Er würde es sowieso gleich selbst bemerken.
„Sicher, dass sie überhaupt zu Hause sind?", fragt Erik.
Ich nicke.
„Mein Vater hat sich immer die Woche nach seinem Geburtstag Urlaub genommen. Er wollte... Zeit mit uns verbringen", stammele ich.
„Okay... Wollen wir?"
Wir gehen zusammen auf das Haus zu. Ich kratze mir nervös über den Arm, was Erik natürlich bemerkt.

„Keine Sorge, ich weiß schon, dass ich mich natürlich benehmen soll. Ich werde versuchen, einen guten Eindruck zu hinterlassen… Ich verrate dich nicht."
Er denkt wohl, dass ich Angst habe, dass er mich blamiert, dabei weiß ich doch, dass er das nie machen würde. Trotzdem lächle ich nur, anstatt etwas zu erwidern.
Als ich an der Tür klingele, dauert es ein paar Sekunden, bevor sie sich einen Spalt breit öffnet und die neugierigen Augen meiner Mutter uns betrachten. Sobald sie mich erkannt hat, öffnet sie die Tür komplett und nimmt mich lächelnd in den Arm.
„Levi! Wie schön, dass du wieder da bist!", sagt sie und drückt mich fest.
Ich wünschte, ich könnte ihr verzeihen. Ich wünschte, ich könnte es.
„Bitte nicht anfassen…", murmle ich und schiebe sie von mir.
Ihr Blick fällt auf Erik.
„Und du hast jemanden mitgebracht. Wie schön! Kommt doch erst einmal rein!"
Sie tritt zur Seite und lässt uns ins Haus. Ich gehe voran und Erik folgt mir. Es hat sich kaum etwas verändert. Ich fühle mich wie früher, als ich von der Schule nach Hause kam. Das unbehagliche, kühle Gefühl ist sofort wieder präsent. Ich weiß schon, warum ich gegangen bin.
„Wollt ihr etwas trinken?", fragt meine Mutter.
„Wasser", antworte ich deutlich für uns beide.
Plötzlich läuft mir ein Schauer über den Rücken. Ich höre langsame Schritte hinter mir wie das dumpfe

Stampfen eines Riesen. Seine Stimme ist ein tiefes Grummeln, wie ich es in Erinnerung habe:
„Na, sieh mal einer an! Der verlorene Sohn ist wieder da!"
Ich drehe mich um und sehe ihn, wie er mich mit tadelndem Blick betrachtet. Er ist in den letzten fünf Jahren viel älter geworden.
„Wer ist das?", fragt er wütend und deutet auf Erik.
Er hat es noch nie gemocht, wenn man Fremde in sein Reich brachte. Ich schlucke, nehme all meinen Mut zusammen und sage:
„Das ist Erik, mein Freund."
Meine Mutter lässt ein Glas fallen und es zerspringt klirrend in viele kleine Scherben und Splitter. Mein Vater verdreht die Augen.
„Du dummes Stück!", schimpft er. „Bist du eigentlich zu irgendetwas zu gebrauchen?"
„Entschuldige...", murmelt sie kleinlaut. „Ich mache es sofort weg."
Ich bleibe stocksteif in meiner Position und vermeide es, Erik anzusehen. Mein Vater sieht zu mir.
„Was hast du gesagt?", fragt er, obwohl er es verstanden hat.
„Er ist mein Freund", wiederhole ich und wundere mich über meinen Mut. Die letzten fünf Jahre haben mir gutgetan.
Mein Vater holt aus und gibt mir eine kräftige Ohrfeige. Ich habe Mühe, nicht hinzufallen. Obwohl er viel älter geworden ist, ist er kräftig wie eh und je.
„Du spinnst doch!", schreit er. „Ich habe dich doch nicht zu einer Schwuchtel erzogen!"

Ich erwidere nichts, sondern atme tief durch und bemühe mich, es einfach nicht an mich heranzulassen.
„Schämst du dich nicht, hier nach Jahren aufzutauchen und so einen Blödsinn zu erzählen?", schreit mein Vater und schlägt mich noch einmal kräftig.
Ich ziehe scharf die Luft ein und fasse mir an den schmerzenden Kiefer. Meine Mutter kommt wieder zu uns.
„Äh… Bleibt ihr beide zum Essen?", fragt sie.
Ich sehe zum ersten Mal wieder zu Erik, der fragend zu mir sieht.
„Nein, wir haben nicht so viel Zeit", behaupte ich.
Meine Mutter sieht etwas enttäuscht aus, nickt jedoch.
„Okay, wollen wir dann vielleicht ein Stück Kuchen essen? Wir haben noch welchen von gestern."
Mein Vater sagt nichts, sondern deutet nur wortlos Richtung Esszimmer.
„Komm", sage ich zu Erik und setze mich mit ihm zusammen an den Tisch.
Ich verschränke die Arme vor der Brust und lehne mich zurück. Ich fühle mich wieder wie ein kleines Kind, das nichts zu melden hat.
Meine Mutter deckt eilig den Tisch und setzt sich dann zu uns. Mein Vater setzt sich mir gegenüber und mustert mich mit strengem Blick.
„Ähm, Erik, richtig?", fragt meine Mutter.
„Ja", antwortet er.
Ich merke, wie nervös er ist.
„Wie habt ihr beide euch denn kennengelernt?", fragt sie, da ihr wohl nichts Besseres einfällt.
Mein Vater verdreht die Augen, sagt jedoch nichts.
„Ähm…"

Erik scheint unsicher, ob oder was er antworten soll, und sieht hilfesuchend zu mir. Ich bekomme von meinem Vater unter dem Tisch einen Tritt gegen das Schienbein und verziehe vor Schmerzen das Gesicht.
„Antworte!", sage ich zu Erik.
„Wir haben uns über eine gemeinsame Freundin kennengelernt", erzählt er. „Wir haben zusammen Videospiele gespielt. Online."
Meine Mutter lächelt unsicher und umklammert ihre Kaffeetasse. Nebenbei verteilt mein Vater den Kuchen.
„Iss", sage ich leise zu Erik und versuche, möglichst eindringlich zu klingen. Zu unser beider Glück hört er auf mich.
„Und was machst du beruflich, Erik?", fragt meine Mutter.
Er schluckt zuerst runter, bevor er redet. Ich bin unfassbar angespannt, während sie reden, und hoffe nur, dass er nichts Falsches sagt.
„Ich studiere Sportwissenschaften", erzählt er.
„Oh, wie schön. Unsere Tochter Marie studiert Kunst und Deutsch auf Lehramt."
Das wusste ich nicht und ich schäme mich dafür. Es passt gut zu ihr. Ehe ich weiter darüber nachdenken kann, spüre ich wieder einen Tritt unter dem Tisch.
„Und was machst du so, Arschloch?", fragt mein Vater.
Ich zwinge mich, ihn anzusehen, um stark zu wirken.
„Ich habe eine Ausbildung zum Industriekaufmann gemacht und arbeite jetzt in der Betriebsabrechnung einer Firma", erzähle ich.
„Toll", erwidert mein Vater ironisch.

„Mein Chef ist sehr zufrieden mit mir. Ich arbeite viel. Ich kann mich bestimmt noch weiter hocharbeiten", erzähle ich.
„Natürlich, wenn du daran glaubst…"
Ich ignoriere ihn und sehe zu meiner Mutter.
„Wie geht es den anderen?", frage ich.
Sie trinkt einen Schluck von ihrem Kaffee.
„Lukas hat ein eigenes Unternehmen gegründet, aber es läuft nicht so gut…", erzählt sie.
„Ach, das sind ganz normale Startschwierigkeiten! Der Junge wird es weit bringen im Gegensatz zu manch anderem!", unterbricht mein Vater sie und sieht mich finster an.
„Marie ist bald mit ihrem Studium fertig und Florian, ja… Es läuft in der Schule ganz gut. Er hat heute früher Schluss, vielleicht seht ihr ihn noch."
Sie sieht nachdenklich zur Uhr und mir wird schlecht.
„Nein, wir haben nicht so viel Zeit. Wir müssen bald wieder los", lüge ich und trinke zügig mein Wasser.
Mein Vater sieht von mir zu Erik und wieder zu mir zurück.
„Und wer ist das jetzt?", fragt er.
„Mein Freund, habe ich doch gesagt", antworte ich.
Er lacht.
„Du verarschst uns. Das kann nicht dein Ernst sein."
Es klingt eher wie eine Drohung. Ich stehe auf. Heinz macht es mir nach.
„Doch, ich liebe ihn."
Dafür verpasst er mir eine kräftige Ohrfeige, bevor er mich auf den Boden schubst und tritt.
„So habe ich dich nicht erzogen!", sagt er. „Du bist eine Schande für die Familie!"

Wieder tritt er mir gegen den Rücken und ich keuche vor Schmerz, versuche jedoch, stark zu bleiben.
„Ich rufe die Polizei", höre ich Erik sagen.
„Nein!", schreit meine Mutter. „Liebling, bitte!"
Mein Vater lässt von mir ab und ich stehe schnell auf und sehe zu Erik.
„Wir gehen!", sage ich und gehe voran.
Er folgt mir zum Glück zügig.
„Nein, bleibt doch noch!", höre ich meine Mutter sagen, doch ich gehe in den Flur und sehe, dass Florian gerade durch die Haustür reinkommt. In dem Moment, in dem ich ihn sehe, habe ich das Gefühl, dass mir das Herz in die Hose rutscht.
„Levi?", fragt er verwirrt.
Ich sehe sofort leichte Angst und Unsicherheit in seinen Augen. Er hat nie vergessen, was ich ihm angetan habe. Natürlich nicht. Ich spüre sofort wieder die Wut auf ihn und all meinen Frust.
„Geh weg", sage ich leise mit heiserer Stimme.
Er geht aus dem Weg und lässt Erik und mich durch die Haustür nach draußen. Die frische Luft tut gut und ich fühle mich etwas besser, nachdem ich ein paar Mal tief durchgeatmet habe. Auf dem Weg zum Auto merke ich, wie Erik mich von der Seite mustert, aber ich vermeide jeglichen Blickkontakt und beschleunige meine Schritte. Bloß schnell weg von hier und wie letztes Mal, schwöre ich innerlich, nie wieder zurückzukommen.
Wir setzen uns ins Auto und bleiben einen Moment sitzen. Ich lehne den Kopf gegen den Sitz und schließe die Augen.
„Levi?"

Ich sehe zu Erik, der mich bedauernd ansieht. Er öffnet den Mund, um etwas zu sagen, bleibt dann aber doch stumm. Ich nicke, um ihm zu sagen, dass ich ihn trotzdem verstanden habe, und starte den Motor. Es braucht nicht viele Worte in diesem Moment. Ich bin einfach froh, dass er neben mir sitzt.

Die Fahrt verläuft still. Erik legt sich irgendwann hin und schließt die Augen, aber wirklich schlafen kann er nicht, das sehe ich ihm an. Ich höre ein bisschen Radio, da es in meinem Kopf auch seltsam ruhig ist. Ungewöhnlich, aber ich will mir keine Gedanken darüber machen, sondern es genießen.

„Wollen wir langsam darüber reden?", fragt Erik nach einiger Zeit.

Ich werde nervös und räuspere mich.

„Zu Hause", antworte ich nur.

Er nickt verständnisvoll. Am liebsten wäre ich diesem Gespräch auf ewig aus dem Weg gegangen, aber wenn ich ihn zu diesem Ort bringe, kann ich ihn nicht danach im Dunkeln lassen.

Heinz: Warum nicht? Du bist ihm doch keinerlei Rechenschaft schuldig!

Sue: Dann wäre die Aktion aber sinnlos gewesen oder gibt es hier irgendeinen tieferen Sinn, den ich nicht verstehe?

Marie: Wenn du mit ihm redest, hilft das bestimmt. Das verbessert euer Vertrauensverhältnis, glaub mir! Tue es für Erik.

*

Erik ist wirklich der Beste. Er löchert mich nicht neugierig mit Fragen, wie es Lia zum Beispiel getan hätte. Er geht ganz lieb und artig mit mir in die Wohnung und zieht sich die Schuhe aus. Ich schließe ausnahmsweise nicht die Tür ab. Das würde mir komisch vorkommen, nachdem ich wieder meine Eltern zusammen gesehen habe.

„Also, du hast sicher ein paar Fragen…", sage ich und lasse mich seufzend aufs Sofa fallen.

„Eigentlich nicht. Ich glaube, ich verstehe es schon."

Ich sehe ihn nur verwirrt an.

„Du konntest nicht darüber reden, oder? Deswegen wolltest du es mir zeigen, damit ich verstehe, warum du so bist."

Traurig wende ich meinen Blick ab und spüre, wie mir Tränen in die Augen steigen. Das ist der Grund, warum ich ihn liebe. Er versteht und weiß genau, was ich brauche.

„Du hast nie wirklich Liebe von ihm bekommen, oder?", redet Erik weiter. „Deswegen hast du auch nie über deine Familie geredet. Du hast dich dafür geschämt."

Ich schniefe und halte meine Tränen zurück. Erik zieht mich in seine Arme.

„Ist schon gut. Lass es zu!", murmelt er und ich beginne, an seinem Hals zu weinen.

Während ich weine und schluchze, streichelt er mir über den Rücken und flüstert mir beruhigende Worte zu. Seine warme Stimme ist wie eine Decke, die sich um mich legt und mich wohlfühlen lässt.

Ich fühle mich unendlich schwach, aber zum ersten Mal nehme ich es nicht als etwas Schlechtes wahr, weil ich nicht das Gefühl habe, zu fallen, sondern gehalten zu werden, und ich vertraue Erik und kann es daher zulassen. Es ist, als würde eine Last von mir abfallen, die sich über Jahre über mein Herz gelegt hat, und plötzlich bin ich frei.
Erik löst sich von mir und lächelt mich sanft an, während er mir über die Wangen streicht. Sein Blick ist anders, ich sehe es sofort und liebe ihn noch ein bisschen mehr dafür. Ich fange auch an, ihm mit meinen Fingern zärtlich durchs Gesicht zu streicheln.
„Du bist das Beste", flüstere ich.
Plötzlich fällt es mir wie Schuppen von den Augen und mein Lächeln verschwindet. Eine tiefe Traurigkeit legt sich über mich.
„Es tut mir so leid, Erik… Ich weiß, dass du gehen willst, aber… ich brauche dich. Ich kann dich nicht gehen lassen. Ich liebe dich viel zu sehr. Es tut mir leid…"
Er streicht mir die Tränen von der Wange und lächelt mich sanft an.
„Sh… Ist schon in Ordnung."
Ehe ich noch etwas erwidern kann, lehnt er sich zu mir und ich verliere mich in seinen Augen. Ganz vorsichtig legt er seine Lippen auf meine, als würde er zuerst überprüfen wollen, wie ich reagiere. Und ich? Ich genieße es einfach nur. In diesem Moment, in dem er tatsächlich beginnt, mich zu küssen, denke ich, dass das vielleicht alles ist, was ich mir jemals gewünscht habe. Er ist alles, was ich je wollte.

Seine Hände gleiten in meinen Nacken und ziehen mich noch fordernder zu ihm. Ich lasse ihn gewähren und streiche gleichzeitig über seinen Körper. Es ist ein Geben und Nehmen zwischen uns. Wir sind seltsam vorsichtig, fast schon unbeholfen, aber trotzdem ergänzen wir uns perfekt. Alles spielt ganz automatisch in einander. Ich habe nicht das Gefühl, die Kontrolle zu haben, aber es ist nicht schlimm, sich ihm hinzugeben.
Erik steht langsam vom Sofa auf und zieht mich mit sich hoch. Ich lasse mich von ihm ins Schlafzimmer führen, in dem ich dann wieder ein bisschen mehr die Führung übernehme und ihn in die Matratze drücke. Einen Moment löse ich mich von seinen Lippen und sehe ihm in die Augen. Noch nie hat er mich so angesehen wie jetzt. So voller Liebe und Lust. Er nickt mir zu, als Zeichen, ich solle weitermachen, was ich natürlich gerne tue.
Dieses Mal ist es anders als sonst. Viel langsamer irgendwie. Ich achte viel mehr auf Erik, auf seine Reaktionen auf mich und versuche, mich dem anzupassen. Ich gehe auf ihn ein, versuche, ihn genauso zu verwöhnen wie mich selbst. Es ist… inniger, liebevoller, erfüllender. Ich habe zum ersten Mal nicht das Gefühl, einen Hunger zu stillen, sondern in meiner Liebe zu ihm aufzugehen.
Und ich glaube, dass Erik das genauso sieht.
Zumindest lächelt er jetzt, während wir hier im Bett liegen und kuscheln.
„Das war so schön…", murmelt er.
Er rutscht zu mir und sieht mir in die Augen. Ich lächle ihn an und nicke. Ich bin immer noch leicht beschämt,

dass ich so die Kontrolle abgegeben habe. Um davon abzulenken, kraule ich ihm durch die Haare und er seufzt zufrieden.
„Warum kannst du nicht immer so sein?", fragt er leise.
Ich verziehe verwirrt das Gesicht und höre auf mit dem Kraulen.
„Was meinst du?"
Er schüttelt den Kopf.
„Ach nichts… Mach weiter!"
Ich schmunzle und streiche ihm durch die Haare. Langsam werden meine Augen schwerer und ich gähne.
„Lass uns ein bisschen schlafen", grummelt Erik und schmiegt sich wieder an mich.
Mit einem Lächeln auf den Lippen schließe ich die Augen und sinke in einen wohltuenden Schlaf.

*

Als ich aufwache, fühle ich mich immer noch rundum wohl, bis ich mich aufsetze und bemerke, dass das Bett neben mir leer ist. Sofort überkommt mich ein ungutes Gefühl. Innerlich spüre ich wohl schon, dass Erik nicht da ist, aber ich ignoriere es und versuche, logisch zu denken. Er ist bestimmt schon wach und in einem anderen Zimmer.
„Erik?", frage ich und klopfe an die Badezimmertür.
Als keine Antwort kommt, öffne ich sie, aber er ist nicht da.
Ich gehe durchs Wohnzimmer, in die Küche, aber er ist nirgendwo in der Wohnung. Mein Atem beschleunigt

sich und ich lege mir eine Hand auf die Brust und schlucke.

„Erik?", rufe ich noch einmal atemlos und laufe durch die Wohnung auf der Suche nach ihm. Als ich erneut feststelle, dass er nicht da ist, sinke ich auf einen Stuhl in der Küche und lege den Kopf in die Hände.

Heinz: Er hat dich verlassen.

Ich schüttle den Kopf, weil ich mich weigere, das zu akzeptieren, aber mir laufen Tränen die Wange herunter.

Heinz: Warum hast du die Tür nicht abgeschlossen? War doch klar, dass er abhaut!

Ich schüttle wieder den Kopf.

Heinz: Du warst schwach! Hast du echt geglaubt, er würde nicht die erstbeste Gelegenheit nutzen, um wegzulaufen? So etwas passiert, wenn man so schwach ist wie du! Er hasst dich, versteh es doch endlich!

„Nein…", flüstere ich und schluchze laut auf. Ich weine bitterlich und laut durch all den Schmerz. Er ist weg.

Heinz: Wie konntest du auch schlafen, während die Tür offen ist? War doch klar! Er würde nie freiwillig bleiben.

Ich schüttle den Kopf und wische mir die Tränen aus den Augen, als ich plötzlich höre, wie die

Wohnungstür aufgeschlossen wird. Sofort gehe ich hin und sehe Erik, der mit zwei Boxen mit chinesischen Nudeln hereinkommt.

Marie: Ich wusste, er kommt zurück. Hab einfach etwas Vertrauen.

„Levi", sagt er überrascht, als er mein verheultes Gesicht sieht. Er stellt das Essen zur Seite.
Ich gehe auf ihn zu und hätte ihn am liebsten geschlagen für den Schrecken, den er mir eingejagt hat, aber ich kann es nicht. Ich freue mich so sehr, dass er da ist, dass ich ihn einfach nur in den Arm nehme.
„Wo warst du denn nur? Ich habe schon gedacht, du hättest mich verlassen…", sage ich.
„Was? Nein, ich habe doch nur Essen geholt. Hast du denn den Zettel nicht gelesen?"
Ich löse mich von ihm und sehe ihn verwirrt an.
„Welchen Zettel?", frage ich und schüttle ungläubig den Kopf.
„Komm mit!"
Er nimmt meine Hand und streichelt auf dem Weg ins Schlafzimmer darüber. Auf dem Nachttisch liegt ein Zettel, den Erik mir in die Hand gibt.
„Ich hole nur kurz Essen. Bin gleich wieder da. Keine Angst, ich haue nicht ab", lese ich vor. Dahinter hat er noch einen Smiley und ein Herzchen gemalt. „Ach, Erik!"
Ich nehme ihn wieder in den Arm und drücke ihn fest an mich.
„Hast du echt gedacht, ich würde danach einfach so verschwinden?", fragt Erik lachend.

Ich zucke trotzig mit den Schultern.
„Du kennst mich doch besser", sagt er.
„Ich bin einfach froh, dass du jetzt wieder da bist... und Essen mitgebracht hast. Ich habe wirklich Hunger!"
Er streicht mir mit den Händen über die Wange und küsst mich kurz, aber gefühlvoll, auf die Lippen.
„Das habe ich mir gedacht."
Erik holt die Nudeln und wir setzen uns aufs Sofa. Ich bin überrascht, dass ich tatsächlich die ganze Portion esse. Eigentlich habe ich gedacht, dass ich, gerade nach dem Besuch bei meinen Eltern, keinen Bissen herunter bekommen würde. Aber wir essen beide ziemlich viel und dementsprechend still verläuft unser Essen. Ich nutze die Zeit, um meine Gedanken ein bisschen zu sortieren.

Heinz: Siehst du, wie leicht er hätte abhauen können? Es war so dumm, die Tür auf zu lassen!

Marie: Aber er ist nicht abgehauen. Das würde Erik uns auch nie antun. Er hat uns doch lieb.

Heinz: Das glaubst du doch selbst nicht! Wenn wir nicht sein Geheimnis kennen würden, würde er nicht so mitspielen!

Sue: Frag ihn doch einfach, aber dann musst du damit rechnen, dass er dir wehtut.

Ich mustere Erik nachdenklich. Tatsächlich glaube ich nicht, dass er jemals etwas für jemanden wie mich empfinden würde. Es interessiert mich eigentlich auch nicht. Oder doch? Ich weiß es nicht. Ich bin verwirrt.

Heinz: Hör doch auf mit dieser Gefühlsduselei! Wenn du zugibst, dass dir seine Gefühle wichtig sind, macht dich das abhängig und verletzlich! Du musst stark wirken, der Anführer sein, sonst spielt er mit dir! Konzentrier dich auf dich und das, was du willst!

Lukas: Oh, ja! Wir haben ihm schon lange nicht mehr wehgetan…

Aber ich bin nicht in der Stimmung dafür. Ich fühle mich eher erschöpft. Erschöpft vom Besuch bei meinen Eltern, dieser seltsamen Nähe zu Erik und dem Schrecken, als er weg war. Ich bin müde und habe keine Lust, ihn heute noch groß zu beherrschen.
„Fertig?", fragt Erik und betrachtet meine leere Nudelbox.
Ich nicke und er bringt den Müll hinaus.
„Wollen wir etwas zocken?", fragt er, als er wieder zu mir ins Wohnzimmer kommt.

Heinz: Seit wann bringt er sich eigentlich so stark ein?

Ich schüttle den Kopf, bleibe aber stumm.
„Fernsehen und Kuscheln?", schlägt er als nächstes vor.
Hierbei nicke ich und er macht den Fernseher an. Erik setzt sich neben mich und ich lege einen Arm um ihn und will schon wieder sanft seinen Kopf auf meinen Schoß legen.

„Na, komm her", flüstere ich und streiche ihm durchs Haar.
„Ähm, weißt du, ich habe mir gedacht, wir könnten vielleicht heute mal die Plätze tauschen", sagt Erik vorsichtig.

Heinz: Tu das nicht. Wenn du da jetzt zusagst, unterwirfst du dich ihm. Sei nicht schwach!

„Äh... okay", sage ich unsicher und rutsche ein Stück von ihm weg, um mich langsam seitlich hinzulegen und meinen Kopf auf seinen Schoß sinken zu lassen. Es ist so ungewohnt und ich fühle mich ziemlich unwohl. Meine Anspannung lässt erst nach, als Erik beginnt, über meinen Körper zu streicheln.
„Alles gut, entspann dich einfach", flüstert er.
Ich nicke leicht und atme ruhig ein und aus.
„Wie lange empfindest du schon etwas für mich?", fragt Erik nach einigen Sekunden der Stille.
Ich schließe meine Augen.
„Etwa ein Jahr", antworte ich.
„So lange schon?", sagt er überrascht.
Ich nicke und spüre seine Hände, die mir durch die Haare kraulen.
„Warum hast du mir nie davon erzählt? Wir hätten darüber reden können", sagt er.
„Das wäre dumm gewesen", antworte ich und schließe genießerisch die Augen.

Heinz: Und wie man jetzt sieht, hast du alles richtig gemacht. Er ist dein.

Erik sagt nichts mehr dazu. Vielleicht denkt er darüber nach, vielleicht akzeptiert er es auch einfach. Ist mir gleich.

Wir kuscheln einige Zeit auf dem Sofa und ich finde langsam Gefallen daran, mich auch mal von ihm verwöhnen zu lassen, anstatt immer selbst die Initiative zu ergreifen. Er ist ganz sanft und liebevoll und ich habe das Gefühl, einfach genießen zu können, ohne mir Gedanken machen zu müssen. Angenehm. Nach einer Weile sehe ich auf die Uhr und weite die Augen.

„Erik, es ist schon spät. Du musst doch nach Hause", sage ich, bleibe aber noch liegen.

Er seufzt.

„Ich weiß… aber ich würde viel lieber noch hierbleiben."

Jetzt setze ich mich doch auf und lächle ihn an.

Marie: Ist das süß!

„Ich hätte dich auch lieber bei mir, aber du musst noch fahren", sage ich und gebe ihm einen Kuss auf die Lippen.

„Na schön", erwidert er seufzend und steht auf, um sich fertig zu machen.

Ich sehe ihm lächelnd nach, als plötzlich mein Handy klingelt. Es liegt auf der Kommode, also stehe ich auf und laufe hin. Als ich sehe, wer mich anruft, geht mein Blick sofort zu Erik, der mich fragend ansieht.

„Das ist Timo", erzähle ich und nehme den Anruf an. Es ist nur ein kurzes Gespräch und Erik steht mir die ganze Zeit gegenüber und achtet auf jede Faser meines

Gesichts. Nach einer Weile verabschiede ich mich von Timo und lege auf.
„Er möchte sich am Wochenende mit uns treffen", erzähle ich lächelnd.
Eriks Augen weiten sich und er sieht mich panisch an.
„Und... was hast du gesagt?"
Ich schmunzle und lege das Handy zur Seite.
„Dass wir kommen."

10. Wahrheiten:

Samstagmorgen. Ich liege auf dem Sofa und sehe kopfschüttelnd zur Uhr. Erik hätte schon längst hier sein sollen. Ich habe keine Lust, zu spät zu kommen. Pünktlichkeit ist eine Tugend, die Heinz mir immer eingetrichtert hat. Timo wartet sicher schon auf uns. Lia nicht, denn sie weiß gar nicht, dass Erik und ich heute kommen. Es ist eine Überraschung. Der Gedanke daran lässt mich lächeln, das wird sicher lustig heute. Es klingelt endlich an der Tür und mein Lächeln vergeht. Ich mache auf und warte geduldig, bis Erik nach oben in die Wohnung kommt.
„Du bist zu spät", sage ich ernst.
„Ja, tut mir leid, es war viel Verkehr", erwidert er und stellt seine Tasche an der Seite ab.
„Das ist keine Entschuldigung", zische ich und schubse ihn kräftig gegen den Türrahmen einer Zwischentür, wobei er sich die Schulter anschlägt. Er sieht mich mit schmerzverzerrtem Gesicht ernst an und reibt sich über die Schulter.
„Entschuldigung…", nuschelt er demütig und senkt den Blick.
„Los, jetzt! Ich will nicht zu spät kommen!"
„Darf ich noch kurz ins Bad?", fragt er.
Ich verdrehe die Augen.
„Beeil dich!", fordere ich mit warnendem Unterton.
Er nickt und geht los.
Keine zehn Minuten später sitzen wir schon im Auto auf dem Weg zu Timo und Lia. Sie wohnen deutlich näher an mir dran als Erik. Er macht es sich trotzdem auf dem Sitz gemütlich.

„Du hast aber heute nichts vor, oder?", fragt er.
„Was soll ich denn vorhaben?", erwidere ich.
„Keine Ahnung… Ich meine, du sagst Timo doch nichts von mir und Lia… oder?"
Ich verdrehe die Augen. Dass das seine einzige Sorge ist!
„Wenn ihr beide euch benehmt, nicht."
Er seufzt erleichtert.
„Und… Ich meine… Du weißt schon, dass Timo nichts von dem zwischen uns weiß, oder?"
Ich verziehe verwirrt das Gesicht, weil ich nicht verstehe, worauf er hinaus will.
„Also, wenn er etwas merkt und nachfragt, erzählen wir es ihm eben. Keine Angst, er wird sich bestimmt für uns freuen. Oder meinst du nicht?"
„Keine Ahnung…", murmelt er unsicher.

*

Die Fahrt verläuft ziemlich still. In meinem Kopf haben alle irgendwelche Ideen, was wir heute bei Timo so machen könnten. Heinz präferiert, Timo die Wahrheit über Lia und Erik zu sagen, doch Marie meint, ich hätte keinen Grund, ihnen zu schaden, deshalb wäre das einfach nur fies. Sue führt an, dass dann unser Druckmittel weg wäre. Außerdem wäre Erik wütend auf uns.
Ich beschließe, einfach zu gucken, was der Tag so bringen wird. Als wir vor der Wohnungstür von Timo und Lia stehen, freue ich mich einfach auf ihren Gesichtsausdruck, wenn sie uns sieht. Ich klingle fröhlich. Erik steht neben mir und schweigt.

Als die Tür aufgeht und Lia uns sieht, wandert ihr Blick von mir zu ihm und wieder zu mir zurück. Sie weitet geschockt die Augen.
„Was macht ihr denn hier?", fragt sie.

Heinz: Die Angst steht ihr wirklich gut.

Ich grinse sie an.
„Wir kommen euch besuchen. Darf ich?"
Sie geht einen Schritt zur Seite und lässt uns in die Wohnung. Während ich nur an ihr vorbeigehe, nimmt sie Erik lange in den Arm und fängt an, mit ihm zu flüstern.
„Hast du…?"
„Er wird nichts sagen, wenn wir machen, was er will…", flüstert Erik zurück.
Ich höre sie seufzen.
„Ich weiß, ich sage das nicht oft, aber danke, dass du das für mich machst."
Erik antwortet nichts. Die Toilettenspülung ist aus dem Bad zu hören.
„Das ist nicht selbstverständlich", flüstert sie noch.
„Habt ihr es jetzt?", frage ich gereizt, als die Badezimmertür aufgeht und Timo herauskommt und uns anlächelt.
„Da seid ihr ja endlich!", sagt er.
Ohne nachzudenken, nimmt er mich in den Arm. Ich hasse diesen Körperkontakt, ertrage es aber zähneknirschend.
„Ja, wir hatten ein paar Probleme", erzähle ich und sehe Erik wütend an.
Er soll wissen, dass es seine Schuld ist.

„Lia hat erwähnt, dass ihr wohl häufiger die Wochenenden zusammen verbringt und ich fand es schade, dass wir uns so lange nicht gesehen haben."
Timo nimmt auch Erik in den Arm.
„Aber du hättest mir das ruhig mal vorher sagen können", erwähnt Lia nervös.
„Ich wollte dich überraschen!", erwidert er und legt eine Hand um ihre Hüfte. „Freust du dich denn nicht?"
Ich höre ihnen kaum zu, sondern konzentriere mich eher auf Erik. Ich will sehen, wie er auf sie reagiert, ob es ihn stört, wenn Timo sie anfasst... aber er wirkt ganz normal. Vielleicht ist er ein guter Schauspieler.
„Doch, natürlich! Es ist nur etwas... unerwartet."
Timo lädt uns ein, mit ihm und Lia ins Wohnzimmer zu gehen. Ich lasse es mir nicht nehmen, sie immer mal wieder fies anzugrinsen. Diese unbehagliche Angst in ihren Augen ist wunderschön.
„Spielst du mit ihr?", fragt Erik leise.
Ich zucke mit den Schultern.
„Du hast doch ziemlich gut wiedergegeben, was ich gesagt habe. Wenn sie dir nicht glaubt, ist das ihr Problem", antworte ich und folge ihnen ins Wohnzimmer. Erik folgt mir gehorsam.

*

Wir spielen eine ganze Weile ein Rennspiel auf der Spielekonsole. Es fühlt sich wie früher an. Wir beleidigen uns, schreien, fluchen... Einfach wundervoll. Ich lächle Erik immer wieder von der

Seite an, aber er beachtet mich kaum, was okay ist, er konzentriert sich auf das Spiel.

Heinz: Das hat er auch nötig.

Marie: Sag so etwas nicht! Er hat uns vorletzte Runde sogar geschlagen. Wir sind auf einem Level.

Heinz: Quatsch! Du musst besser sein als dieser armselige Haufen!

Ich lege mich noch mehr ins Zeug und gewinne das nächste Rennen. Danach machen wir eine kurze Pause. Timo geht kurz ins Bad. Ich beschließe, einen Arm um Erik zu legen und mich an ihn zu schmiegen. Er sagt nichts dazu. Lia beobachtet uns einen Moment, bevor sie ebenfalls aufsteht.
„Ich hole mal Getränke", sagt sie.
Ich hatte seltsamerweise das Gefühl, dass sie sich unwohl gefühlt hat.
„Ich habe dich so lieb", sage ich zu Erik. „So sehr habe ich dich lieb!"
Er seufzt und legt einen Arm um mich.
Wir sitzen einige Sekunden schweigend in dieser Pose, bis Timo aus dem Badezimmer zurückkommt. Als er uns entdeckt, bleibt er stehen und lacht.
„Kuschelstunde oder was?", fragt er und setzt sich wieder zu uns.
Ich schmunzle und sehe ihn an.
„Wir sind zusammen", erzähle ich.
Er hält in der Bewegung inne und sein Lächeln vergeht.

„Jetzt echt?", fragt er nach.
„Klar", antworte ich und stupse Erik an, der sich kurz räuspert.
„Ja, es kam wirklich recht überraschend", murmelt er.
Ich löse mich von ihm und lächle durch die Erinnerungen.
„Im Urlaub hat es irgendwie gefunkt und zwei Wochen später haben wir uns getroffen und da ist es einfach passiert", erzähle ich.
Timo sieht zwischen uns beiden hin und her und lächelt schließlich leicht.
„Ich gebe zu, das ist… seltsam, aber ich freue mich natürlich für euch."
Lia kommt mit zwei Gläsern zurück ins Wohnzimmer und stellt sie auf den Tisch.
„Wusstest du, dass die beiden ein Paar sind?", fragt Timo sie.
Sie sieht überrascht zu uns und dann wieder zu ihrem Freund.
„Äh, ja… Das wusste ich schon", antwortet sie.
„Ihr habt es ihr erzählt, aber mir nicht?", fragt Timo geschockt und sieht uns an.
„Hä, haben wir doch gerade!", erwidere ich.
„Ich habe es auch erst vor Kurzem erfahren", behauptet Lia.
Sie setzt sich wieder aufs Sofa und ich sehe, wie sie und Erik sich ansehen, während Timo kopfschüttelnd auf den Boden sieht.
„Das hätte ich echt nicht erwartet. Ich meine, wenn es euch glücklich macht… Aber das kann ich mir schwer vorstellen… Ihr seid eigentlich ganz süß, bloß… Ich weiß nicht."

Ich habe das Gefühl, dass ihm keiner außer mir zuhört, aber auch mir ist ziemlich egal, was er sagt.
„Lia…", sagt Erik mit bittendem Unterton.
Ich sehe sofort zu ihr. Sie schüttelt kaum merklich den Kopf.
„Bitte…"
Ich lehne mich zurück und genieße die Show. Es ist komplett egal, was er sagt. Nichts wird etwas an uns ändern.
„Wir haben doch darüber gesprochen", sagt sie leise.
„Morgen…"
„Ich kann das nicht mehr", flüstert er.
Ich sehe zu Timo, der ebenfalls zu den beiden sieht.
„Ich will keine Heimlichkeit mehr. Ich will das nicht so stehen lassen", sagt Erik etwas lauter.
„Erik, bitte!", ruft Lia flehend.
Er schüttelt den Kopf und sieht zu Timo, der wirkt, als würde er die ganze Situation nicht verstehen.
„Wir müssen dir etwas sagen", sagt Erik. Er sieht zu Lia und dann wieder zu Timo. „Lia und ich… Wir hatten etwas miteinander."
Timo springt auf.
„Was?"
Lia steht ebenfalls auf.
„Es war vollkommen unbedeutend, ehrlich!"
„Willst du mich verarschen?", fragt Timo. „Du hast mich betrogen und du…" Er sieht zu Erik. „Du warst mein bester Freund!"
„Timo, es tut mir leid", sagt er und schließt mitleidig die Augen.
„Und dann vögelst du hinter meinem Rücken meine Freundin? Sag mal, spinnst du?"

Lia legt ihm eine Hand auf die Schulter.
„Warte, dann hör dir die komplette Geschichte an. Er…", sagt sie und zeigt anklagend mit dem Finger auf mich. „… hat die ganze Zeit davon gewusst und uns damit erpresst! Er zwingt Erik, mit ihm zusammen zu sein, er schlägt und vergewaltigt ihn!"
Timo sieht mich angeekelt an, doch ich zucke nur mit den Schultern. Ich hätte es anders ausgedrückt, sage aber nichts dazu.
„Bist du bescheuert?", fragt er und schüttelt den Kopf. Er wendet sich ab und hebt die Arme. „Okay, raus hier!"
„Genau! Schmeiß diesen Psycho hier raus!", sagt Lia.
„Ich meinte euch alle!", erwidert Timo wütend.
Ich kann es mir nicht verkneifen, kurz zu lachen. Ihr Blick ist toll.
„Wie bitte?"
„Du hast schon verstanden. Ich will dich hier nicht mehr sehen!"
„Das kannst du nicht ernst meinen! Wo soll ich denn hin?", fragt sie verzweifelt.
„Du wolltest doch sowieso morgen deine Eltern besuchen! Also, geh!"
Sie steht unsicher im Raum und wirkt, als würde sie gleich weinen. Erik und ich stehen auf.
„Willst du deine Tasche selbst packen oder soll ich das tun?", fragt Timo kalt.
Lia sieht zu Erik.
„Wir warten unten", sagt er leise und schiebt sich an ihr vorbei in den Flur.
Ich ziehe mir wortlos meine Schuhe an. Während ich auf Erik warte, sieht Timo mich verachtend an.

„Ich wusste schon immer, dass mit dir etwas nicht stimmt", sagt er.
Ich grinse.
„Jetzt weißt du immerhin, warum ich im Urlaub so wütend auf deine Freundin war: Ich lasse nicht zu, dass man mir wegnimmt, was mir gehört."
Ich sehe zu Erik, der beschämt auf den Boden blickt und schluckt. Als ich wieder zu Timo sehe, dreht er sich kopfschüttelnd um und geht ins Wohnzimmer. Das nehme ich als Anlass, endlich die Wohnung zu verlassen und mit Erik nach draußen zu gehen. Doch während ich zum Auto gehen will, bleibt er stehen.
„Kommst du?", frage ich.
„Lass uns noch auf Lia warten", erwidert er.
„Ähm… Nein", sage ich ernst und will schon weitergehen, doch er rührt sich nicht.
„Denk doch mal daran, was sie alles für dich getan hat. Sie ist immer gut zu dir gewesen, hat dich gut behandelt, hat alles gemacht, was du wolltest… dabei war das nicht einmal Teil der Vereinbarung. Willst du es ihr so danken?"

Marie: Du solltest sie jetzt nicht im Stich lassen. Sie ist doch deine Freundin.

Heinz: Ach, wir brauchen sie nicht mehr! Wir haben Erik. Lass sie links liegen!

„Sie braucht uns jetzt", fügt Erik hinzu.
Seufzend gehe ich ein paar Schritte zurück und warte mit ihm auf Lia. Es regnet zwar nicht, aber es ist ziemlich nass und ich rieche das feuchte Gras. Am

liebsten wäre ich jetzt schon wieder mit Erik zu Hause.
In diesem Punkt hat mir dieser Streit schon geholfen,
aber sonst ist es mir eigentlich egal.
Lia kommt endlich heraus. Sie lässt ihre Tasche fallen
und schmeißt sich weinend in Eriks Arme. Er umarmt
sie ebenfalls und streicht ihr beruhigend über den
Rücken. Ich stehe daneben und verdrehe die Augen.
„Ich musste das machen, ich konnte das nicht so
stehen lassen", sagt Erik.
„Ich weiß", murmelt sie schluchzend und löst sich
endlich wieder. „Was soll ich denn jetzt machen?"
Obwohl sie eindeutig Erik ansieht, antworte ich:
„Timo hat doch gesagt, dass du morgen zu deinen
Eltern willst. Geh doch zu denen!"
Lia sieht unsicher zu Erik und dann wieder zu mir.
„Nein, ich wollte nicht zu meinen Eltern…"
Ich verziehe das Gesicht.
„Sondern? Wolltest du zu einem Lover oder was?",
frage ich.
„Nein!", schreit sie sofort. „Ich…"
Erik geht einen Schritt auf mich zu.
„Kann sie nicht mit zu uns kommen?"

Heinz: Der spinnt doch!

„Nein, ganz sicher nicht!", sage ich sofort.
„Bitte, Levi!", fleht Lia. „Ich kann sonst nirgendwo hin.
Ich mache auch keinen Ärger, ich schwöre es dir. Ich
brauche nur das Sofa, mehr nicht!"
Ich schüttle den Kopf. Irgendwo hat die Nettigkeit
auch ihre Grenzen.
„Vergesst es!"

Erik tritt ganz nahe an mich heran und legt seine Hände an meine Wangen. Einige Sekunden sieht er mir tief in die Augen, bevor er mich gefühlvoll küsst. Ich schließe die Augen und seufze leicht. Das Gefühl überrascht mich jedes Mal aufs Neue. Nachdem er seine Lippen gelöst hat, bleibt er trotzdem ganz nah bei mir und sieht mir in die Augen.
„Bitte… Tue es für mich", sagt er leise.
Ich sehe zu Lia, die den Blick abgewandt hat, und dann wieder zu Erik. Wenn er mich so ansieht, werde ich ihm nie einen Wunsch abschlagen können.
„Na gut…"
Lia sieht auf und atmet erleichtert durch. Sie kommt auf mich zu, als wolle sie mich vor Dankbarkeit in den Arm nehmen, weshalb ich einen Schritt zurück gehe und die Hände hebe.
„Nicht anfassen!", wiederhole ich.
Sie lässt von mir ab.
„Danke, Levi. Das ist sehr gütig von dir."
Bei ihrer Aussage bin ich fast wieder gewillt, meine Entscheidung zu revidieren. Ich will nicht nett zu ihr sein.
„Ja, ja… Kommt ihr jetzt endlich?", frage ich ungeduldig.
Erik nimmt Lias Tasche und trägt sie den ganzen Weg bis zum Auto. Sie wirkt unruhig, aber zumindest beruhigt, dass sie eine Bleibe für die Nacht hat. Ich nehme mir fest vor, ihre Anwesenheit zu ignorieren. Alles wird sein wie immer, ob sie bei uns ist oder nicht. Die Autofahrt verläuft ruhig. Erik und Lia reden eine Weile über Timo, wobei er ihr Mut zuspricht, dass (er) Timo ihr bald verzeihen wird. Ich hoffe, dass er es

nicht tut. Das ist die gerechte Strafe dafür, dass sie mit Erik geschlafen hat.

*

Ich freue mich, dass ich den Nachmittag Zeit habe, mich an meinen PC zu setzen und im Internet zu surfen. Erik und Lia vertreiben sich die Zeit schon irgendwie mit Gesprächen oder ihren Handys. Immer mal wieder bekomme ich mit, dass sie wegen Timo weint oder schimpft, dass er ihr nie verzeihen wird. Ich hätte nicht gedacht, dass sie ihn wirklich so sehr liebt, aber vielleicht habe ich mich tatsächlich geirrt.

Heinz: Du irrst nie. Sie ist nur eine gute Schauspielerin.

Der Abend kommt schnell und Lia wirkt erschöpft vom Tag. Es ist kurz nach neun Uhr, als ich ins Wohnzimmer gehe, wo die beiden gerade auf dem Sofa sitzen und sich irgendetwas auf Eriks Handy ansehen.
„Wir gehen jetzt ins Bett", sage ich bestimmend.
Lia nickt sofort, als hätte ich eine Frage gestellt.
„Gute Idee… Ich bin wirklich müde."
Mein Blick geht erst zur Uhr und dann zu Erik.
„Ich erwarte dich", sage ich knapp und drehe mich schon in Richtung Schlafzimmer um.
„Levi?", fragt Lia schnell.
Widerwillig drehe ich mich um und sehe sie an. Sie wirkt beschämt, während sie fragt:
„Kann ich vielleicht noch eine Decke haben?"

Ich knirsche mit den Zähnen, hole dann aber aus dem Schrank noch eine Wolldecke für die feine Dame.
„Danke", sagt Lia.
Ich drehe mich um und gehe wortlos ins Schlafzimmer, in dem ich mich fertigmache. Es dauert gar nicht lange, da kommt Erik ebenfalls und legt sich zu mir ins Bett. Er betrachtet mich und lächelt dann.
„Ich finde es gut, dass du Lia hier schlafen lässt."
Und damit hat sich die ganze Sache schon wieder gelohnt. Lächelnd lehne ich mich über ihn und fange an, seinen Hals zu küssen. Als ich mit einer Hand unter sein T-Shirt streiche, legt er seine Hände auf meine Schulter, als würde er mich wegdrücken wollen, was er zu seinem eigenen Glück nicht tut.
„Levi, ich will jetzt nicht…", murmelt er.
Ich löse mich von seinem Hals und sehe ihm in die Augen.
„Seit wann interessiert mich, was du willst?"
Er schluckt und sieht zur Seite.
„Lia ist direkt nebenan…"
Ich lache.
„Dann hoffen wir, dass es ihr gefällt."
Ich gehe ein Stück von ihm herunter und mache Anstalten, sein T-Shirt auszuziehen, was er mitmacht. Erik schließt einen Moment die Augen und atmet tief durch. Ich bin mal nett und gebe ihm einen Moment, bevor ich weitermache.

*

Lächelnd ziehe ich mir etwas über. Erik dreht sich einmal im Bett herum und grummelt etwas Unverständliches. Ich lache.
„Was hast du gesagt?", frage ich nach.
Er sieht zu mir auf.
„Das ist demütigend", murmelt er.
Ich lehne mich über ihn und streiche lächelnd durch seine Haare.
„Ich weiß, das mag ich ja so."
Nach einem kurzen Kuss auf seine Stirn füge ich hinzu:
„Soll ich dich mal wieder verwöhnen?"
Er nickt sofort eilig.
„Morgen", sage ich, löse mich von ihm und verlasse das Zimmer.
Pfeifend gehe ich ins Wohnzimmer. Lia sitzt auf dem Sofa und liest ein Buch, doch als ich reinkomme, legt sie es beiseite. Ich lasse mich in den Sessel fallen.
„Na?", frage ich. „Hat man uns gehört?"
Ihre Wangen färben sich leicht rosa und sie sieht beschämt weg.
„Schon…"
Ich schmunzle.
„Ja, tut mir leid, wir… hatten ein bisschen Spaß."

Heinz: Genau. Reib es ihr schön unter die Nase.

Marie: Lass es lieber. Sie ist doch sowieso schon völlig fertig.

Heinz: Nicht, dass sie uns jetzt, da sie Timo verloren hat, Erik wegschnappen will. Die soll gar nicht erst auf dumme Gedanken kommen.

Marie: Lia ist unsere Freundin. Das würde sie nicht tun.

Sue: Na ja, Interesse scheint sie ja zumindest an ihm gehabt zu haben.

„Hat sich nicht so angehört, als hätte Erik besonders viel Spaß gehabt", erwidert sie und sieht mich fest an. Mein Lächeln verschwindet.

Heinz: Stopf ihr ihr dreckiges Mundwerk mit deinen Socken, bis sie daran erstickt.

Lukas: Tolle Idee! Das will ich sehen!

Ich gehe zu ihr und fasse fest an ihren Hals. Mit meinen Augen fixiere ich ihre und drücke leicht zu, so dass sie aber noch Luft bekommt.
„Treib es nicht zu weit", zische ich. „Erik ist alles, was ich will. Auf dich kann ich gerne verzichten."
Ich lasse sie los, bleibe aber direkt vor ihr sitzen. Sie reibt sich schwer atmend über den Hals.
„Das würde er dir nie verzeihen", murmelt sie.
Ich schüttle den Kopf.
„Das ist mir egal. Ein Grund mehr, ihm wehzutun."
Damit stehe ich auf und drehe mich um in Richtung Schlafzimmer. In diesem Moment geht die Tür auf und Erik kommt heraus. Er hat sich angezogen, doch er sieht immer noch etwas durcheinander aus. Ein Blick zu uns reicht und er versteht, was wir so geredet haben.

„Wollen wir nicht noch ein bisschen kuscheln?", fragt er mich unsicher.
Ich nicke lächelnd und nehme ihn bei der Hand. Während ich ihn zurück ins Schlafzimmer ziehe, wünschen die beiden sich eine gute Nacht. Ich lege mich zügig hin und Erik kuschelt sich unter der Decke an mich. Er legt seinen Kopf auf meine Brust und den Arm um meinen Oberkörper. Ich genieße es sofort.
„Du solltest nicht so zu Lia sein…", sagt er.
Ich will mich schon von ihm lösen, um ihm für diese Aussage eine zu verpassen, da redet er weiter:
„Ist dir denn nicht bewusst, dass es ohne sie uns jetzt nicht geben würde?"
Ich verziehe das Gesicht.
„Wie meinst du das?"
„Na, überleg doch mal, wie alles angefangen hat… Wenn Lia nicht gewollt hätte, dass du unser Geheimnis für dich behältst, wäre das alles nie passiert."
Ich denke zurück an den Moment, in dem ich meine Forderung ausgesprochen habe. Erik wollte nicht, aber Lia hat ihn überzeugt. Ohne sie hätte ich auch keinen Grund gehabt, um sie zu erpressen.
„Ach, ich hätte dich trotzdem geschnappt", behaupte ich.

Sue: Das hättest du dich nicht getraut, das weißt du selbst.

Heinz: Lappen!

„Aber ohne sie hättest du mich nie kennengelernt. Sie hat uns damals miteinander bekannt gemacht", erklärt Erik ruhig.

Tatsache. Ich kann dem nichts entgegensetzen.
„Stell dir doch mal vor, du wärst ihr nicht begegnet: Dann hättest du mich nie kennengelernt."
Ich ziehe ihn enger an mich.
„Was für eine Horrorvorstellung!", sage ich. „Ich kann mir ein Leben ohne dich nicht vorstellen!"
Er lacht leicht, aber es ist ein süßes Lachen.
„Ich habe dich echt lieb, Erik", flüstere ich.
„Ich dich auch, Levi."
Seine Antwort überrascht mich, aber ich habe natürlich nichts dagegen. Ich kuschle mich an ihn, schließe die Augen und fahre langsam runter.

11. Familienzusammenkunft:

Als ich langsam wach werde, merke ich, dass Erik immer noch neben mir liegt. Er ist auch schon wach und sieht mich an.
„Guten Morgen", sagt er leise. „Ich wollte Frühstück machen, aber ich wusste nicht, ob du nicht vielleicht neben mir aufwachen willst."
Ich nicke leicht. Mir fallen die Augen fast wieder zu.
„Das hast du gut gemacht… Frühstück klingt übrigens sehr gut."
Erik scheint zu verstehen.
„Okay, ich bereite alles vor."
Während er aufsteht, drehe ich mich noch einmal um und schlummere weiter. Obwohl ich gar nicht so spät ins Bett gegangen bin, fühle ich mich sehr müde und es fällt mir nicht schwer, noch einmal weg zu nicken.

*

Ich wache aus meinem leichten Schlaf wieder auf und beschließe, in die Küche zu gehen und mit Erik und Lia zu frühstücken. Ich kann schließlich nicht den ganzen Tag verschlafen. Bevor ich die Küche betrete, höre ich schon ihr Gespräch.
„Ich verstehe echt nicht, wieso du das machst… Du unterwirfst dich ihm!", schimpft Lia.
„Er ist nicht so, wie du denkst. Er gibt sich manchmal schon Mühe, mir etwas Gutes zu tun."
Sie schnaubt.
„Da backt er einmal Brownies für dich und schon ist dir der Rest egal?"

Ich gehe in die Küche, wo Erik gerade in einer Pfanne Rührei macht.
„Du hast es ihr also nicht erzählt?", frage ich fast schon beiläufig. „Seltsam. Du erzählst ihr doch sonst alles…"
Ich hole eine Flasche Orangensaft aus dem Kühlschrank und fülle ihn in mein Glas.
„Was hast du mir nicht erzählt?", fragt Lia sofort.
Erik sieht beschämt weg. Er weiß ganz genau, wovon ich rede.
„Wir… haben miteinander geschlafen", sagt er leise und kümmert sich um die Eier.
Lia wirkt verwirrt und zögert einen Moment.
„Du meinst, er hat dich vergewaltigt?", fragt sie nach.
Erik schüttelt den Kopf.
„Also… hast du freiwillig mitgemacht?"
Er antwortet nicht, sondern kaut nur auf seiner Unterlippe. Lia schüttelt verständnislos den Kopf.
„Ich konnte auch nicht verstehen, warum er mit dir geschlafen hat", werfe ich ein und grinse sie hämisch an.
Sie sieht nur kurz zu mir und dann wieder zu Erik.
„Du verstehst das nicht", sagt er schließlich.
„Tue ich auch nicht! Warum sollte ich denn dann…?"
„Ich sagte doch, dass du es nicht verstehst!", sagt Erik lauter und sieht sie eindringlich an. „Lass das bitte meine Sorge sein."
Er nimmt die Pfanne vom Herd und verteilt das Rührei gleichmäßig auf unseren Tellern. Ich setze mich grinsend auf einen Stuhl.
„Also, frühstücken wir endlich?"

*

Ich bin vielleicht manchmal etwas schwierig, aber eines bin ich nicht: dumm. Mein Gedächtnis und meine Menschenkenntnis waren immer großartig. Dadurch habe ich das alles doch erst hinbekommen. Ich bilde mir keine Dinge ein und ich bin mir ziemlich sicher, dass Timo gestern erwähnt hat, Lia wolle heute ihre Eltern besuchen. Ich bin mir auch ziemlich sicher, dass sie später erwähnt hat, dass sie heute etwas vorhat, aber es ist nicht, zu ihren Eltern zu fahren. Diese Fakten mache ich mir erneut bewusst, als Lia zur Mittagszeit immer noch mit Erik auf dem Sofa sitzt und auf meiner Spielekonsole spielt. Ich habe ihr das erlaubt, damit Erik nicht alleine spielen muss, weil ich nämlich keine Zeit dafür habe. Ich wollte eigentlich am Computer sitzen und im Internet ein wenig recherchieren, aber jetzt stehe ich hier und schaue den beiden zu, nur um mich zu fragen, warum Lia Timo und mich angelogen haben könnte.
„Wolltest du nicht irgendwohin?", frage ich beiläufig, kurz nachdem sie ihr Spiel beendet haben.
Lia sieht mich an.
„Äh… Ja, also… Nein, eigentlich wollte ich hierher", erzählt sie.
Ich kneife misstrauisch die Augen zusammen.
„Warum sollte Timo dann nichts davon erfahren?"
Sie seufzt und sieht zur Uhr.
„Du wirst es sowieso gleich erfahren."
Ich weite meine Augen und gehe einen Schritt zurück.
„Wenn du irgendeine Scheiße…", drohe ich ihr, doch sie unterbricht mich sofort:
„Nein, es ist etwas Gutes, ich schwöre!"

Ich sehe zu Erik, der mir aufmunternd zunickt. Warum sollten die beiden etwas Nettes für mich haben? Das ergibt doch gar keinen Sinn!
Ich gehe unsicher zurück an meinen Rechner und versuche, noch ein bisschen was in Ruhe zu schaffen. Tatsächlich läuft es ganz gut. Konzentration war schon immer eine meiner großen Stärken.

*

Lia hatte damit Recht, dass ich es bald erfahren würde. Eine halbe Stunde später klingelt es plötzlich an der Haustür. Ich bin zuerst verwirrt, brauche einen Moment, um das Geräusch einzuordnen. Ich kriege doch sonst nie Besuch. Dann stehe ich auf und gehe in den Flur. Lia steht schon an der Haustür, als würde sie jemanden erwarten.

Heinz: Jetzt lädt sie ihre Freunde auch schon hierher ein, um sich hier heimlich mit ihnen zu treffen!

Sue: Das glaube ich nicht. Das ergibt doch gar keinen Sinn.

Marie: Ich habe da eher etwas anderes im Gefühl… Etwas Schönes.

Jemand kommt die Treppe hoch. Eine blonde, junge Frau tritt ein und begrüßt Lia mit einem herzlichen Lächeln und einer liebevollen Umarmung. Ich erkenne sie sofort. Sie hat sich kein bisschen verändert. Das ist eindeutig meine Schwester Marie.

Während Erik sie auch begrüßt, als würden sie sich schon kennen, bleibe ich im Flur stehen und kann nicht anders als sie anzustarren. Mir ist heiß und kalt, wohl und übel. Als sie mit der Begrüßung fertig ist, sieht sie zu mir, geht einen Schritt auf mich zu und lächelt mich an, wie sie es immer getan hat.
„Hallo, Levi", sagt sie.
Ihre Stimme gleicht der eines Engels. Ich höre innerlich, wie sie mir abends etwas vorgesungen hat, wenn ich wegen Lukas' Fantasien nicht schlafen konnte.
„Marie?", frage ich, obwohl ich keinen Zweifel habe.
Sie schmunzelt und ich schmeiße mich in ihre Arme, bevor mir Tränen über die Wangen laufen. Es ist schön und schmerzhaft zugleich, sie nach fünf Jahren wiederzusehen.
„Es tut mir so leid...", sage ich.
„Sh... schon gut", flüstert sie.
„Ich habe dich im Stich gelassen", schluchze ich und drücke sie noch enger an mich, als könnte sie jeden Moment wieder verschwinden.
„Wir lassen euch mal alleine", höre ich Lia sagen.
Aus den Augenwinkeln bekomme ich mit, wie sie in die Küche gehen. Marie löst sich von mir, nimmt meine Hand und zieht mich Richtung Balkon. Sie hat es schon immer geliebt, draußen zu sitzen.
„Lass uns ein bisschen reden", sagt sie sanft.
Wir setzen uns draußen hin und ich kann kaum aufhören, zu weinen.
„Es tut mir so leid", wiederhole ich. „Ich hätte dich nicht alleine lassen dürfen."

Sie nimmt meine Hand und streicht darüber. Ihre Haut ist weich wie eine Daunenfeder.
„Du musstest es tun. Ich verstehe das."
Ich nicke ganz leicht. Wirklich sicher bin ich mir nicht.
„Du musstest gehen. Es war richtig für dich."
Ich schweige. Vielleicht war es das Beste für mich, aber für sie wahrscheinlich nicht.
„Du hast wirklich tolle Freunde. Sie haben gesagt, du würdest dich bestimmt freuen, mich wiederzusehen."
Ich nicke leicht, sage aber immer noch nichts.
„Wie ich sehe, geht es dir ziemlich gut… Du hast eine schöne Wohnung und einen guten Job, richtig?"
Wieder nicke ich, weil ich kein Wort herausbekomme.
„Und du bist verliebt", sagt sie plötzlich grinsend.
Jetzt fange ich auch an, breit zu grinsen.
„Das ist schön", fügt sie hinzu.
„Ja", erwidere ich. „Erik ist einfach wundervoll."
Sie streicht wieder über meine Hand und betrachtet mich liebevoll.
„Warum liebst du ihn?", fragt sie.
Ich überlege kurz.
„Er gibt mir so viel Sicherheit. Ich fühle mich wohl bei ihm", erkläre ich.
„Und wie zeigst du ihm, dass du ihn liebst?"
Ihre Frage verunsichert mich. Ich weiß nicht, was ich antworten soll.
„Wie ich… ihm zeige, dass ich ihn liebe?"
Sie nickt.
„Ich… sage es ihm ganz oft. Außerdem bin ich immer ganz sanft zu ihm. Also, ich versuche es. Wir kuscheln ganz viel und ich will ihm auch Gutes tun."
„Zum Beispiel?", hakt sie nach.

„Einmal habe ich ihn massiert… wie Mama es uns gezeigt hat."
Marie lacht.
„Das hat ihm bestimmt gefallen, oder?"
Ich nicke eilig.
„Ja, er war ganz entspannt und hat es sehr genossen. Er hat ganz viel gelächelt", erzähle ich.
„Und was hast du gefühlt, als du ihn so glücklich gemacht hast?", fragt sie weiter.
Über die Frage muss ich länger nachdenken, weil ich mir selbst noch gar nicht so viele Gedanken darüber gemacht habe. Ich erinnere mich zurück an den Tag und muss automatisch lächeln.
„Es hat mich auch glücklich gemacht. Ja, ich hatte das Gefühl, dass er mich mag und mir dankbar ist, wenn ich ihm Gutes tue. Es hat mich… stolz gemacht… Außerdem sehe ich ihn gerne lächeln", erzähle ich.
Ich fühle mich leicht kribbelig, als wären ganz viele Schmetterlinge in meinem Bauch. Alles in mir füllt sich mit positiver Energie und ich schwebe.
Marie lächelt ebenso liebevoll, doch wird plötzlich ernst und räuspert sich.
„Und glaubst du, dass du vielleicht manchmal Dinge tust, die ihn nicht so glücklich machen?"
Mir läuft ein Schauer über den Rücken. Ich erinnere mich an all das Leid der letzten Wochen und fühle einen tiefen Schmerz in meinem Inneren.
„Ja, ich tue ihm weh…", sage ich schweren Herzens.
„Was fühlst du dabei?", fragt Marie.
Ich zucke mit den Schultern, weil ich nicht weiß, wie ich es ausdrücken soll.

„Ich fühle mich erfüllt. Es beruhigt mich… Ich brauche das einfach. Es befriedigt irgendetwas in mir", erzähle ich.
Unsicher sehe ich zu ihr, weil ich nicht denke, dass sie es versteht, aber Marie nickt und lächelt ganz leicht. Es hat etwas Aufmunterndes, als würde sie sagen wollen, dass sie für mich da ist.
„Levi?", fragt sie.
Ich nicke, weil ich ihr sowieso alles beantworte.
„Was glaubst du, empfindet Erik für dich?"
Mir entweicht ein Schluchzen und ich fange wieder an, zu weinen. Ich ziehe meine Hand zu mir und drehe mich leicht von Marie weg.
„Er hasst mich", schluchze ich. „Ich weiß es, er hasst mich, dabei will ich doch nur, dass er mich liebt… Er soll mich lieben. Warum kann er mich nicht so lieben wie ich ihn?"
„Ich glaube nicht, dass er dich hasst", erwidert Marie mit sanfter Stimme.
Ich weigere mich, zu ihr zu sehen.
„Warum hast du mich nicht einfach mal gefragt?", höre ich plötzlich Eriks Stimme.
Schlagartig drehe ich mich um und sehe ihn, wie er in der Balkontür steht und mich ansieht. Marie steht lächelnd von ihrem Stuhl auf und ich sehe sie panisch an.
„Bleib bitte!", sage ich.
Sie gibt mir einen Kuss auf die Wange.
„Ich bleibe den ganzen Tag. Ich gehe nur einen Moment in die Küche, okay?"

Schweren Herzens nicke ich und sehe zu, wie sie reingeht. Erik setzt sich auf ihren Stuhl. Ich wende den Blick ab.

„Warum fragst du mich nicht einfach, was ich für dich empfinde?", wiederholt er.

„Vielleicht will ich es ja nicht wissen", erwidere ich trotzig.

„Das hat sich eben anders angehört."

„Man belauscht keine fremden Gespräche."

„Manchmal hilft es, Konflikte zu lösen."

Ich sehe ihn an. Vielleicht ist es doch besser, eine Antwort zu bekommen.

Eriks Blick wird ernst. Er sieht mich so unendlich traurig, mitleidig und bedauernd an, dass es mir fast das Herz bricht.

„Sag bitte nichts, ich weiß es schon…"

„Nein, Levi, hör mir bitte zu", sagt er.

Ich sehe ihn an und lege den Kopf schief. Innerlich stelle ich mich darauf ein, dass er mir das Herz brechen wird.

„Es gibt Momente, da bist du so unendlich süß und liebevoll und herzlich und sanft, dass ich denke, dass alles okay ist, dass ich sogar gerne bei dir bin. In diesen Momenten geht mir das Herz auf und ich fühle mich so wohl, dass ich am liebsten noch mehr Nähe zu dir hätte", erzählt er.

Ich lächle und schniefe leicht. Nie hätte ich gedacht, dass ich so etwas in ihm auslösen könnte. Erik steigen auch Tränen in die Augen, aber er sieht nicht glücklich aus.

„Und dann… legt sich plötzlich ein Schalter um und du bist so… grausam und fies und herzlos und kalt.

Du tust mir weh, du schlägst mich, demütigst mich und hast noch so viel Spaß daran... Damit brichst du mir das Herz und ich verzweifle und schäme mich. Ich habe keine Ahnung, wie ich mit dir umgehen soll."
Ich sage nichts, sondern sehe ihn nur an. Erik schüttelt leicht den Kopf.
„Du hast einfach zwei Seiten, Levi. Manchmal denke ich, dass ich ohne die eine nicht leben kann, aber auch nicht mit der anderen. Sag mir: Was soll ich tun?"
Wie gerne würde ich ihm darauf antworten, aber ich kann ihm keine ehrliche Antwort geben. Keine wäre wirklich aufrichtig. Ich könnte sagen, er solle einfach bei mir bleiben, aber das wäre nur das, was ich will, und nicht das, was richtig ist.
„Kann ich einen Moment alleine sein?", frage ich.
Erik nickt ruhig.
„Ich warte drinnen auf dich."
Er steht auf und verlässt den Balkon. Ich stehe ebenfalls auf, doch stütze mich mit den Händen auf das Geländer. Beim Blick nach unten merke ich, dass mir leicht schwindelig ist. Noch nie hatte ich so viele gemischte Gefühle. Es erfüllt mein Herz, Marie wiederzusehen. Es macht mich glücklich, dass Erik einen Teil von mir liebt, aber es tötet mich, dass er den anderen Teil so abstoßend findet.

Sue: Wird wohl Zeit, sich zu entscheiden.

Ich schüttle den Kopf, weil ich nicht verstehe, was sie meint.

Sue: Na, welcher Levi du sein willst. Der Liebevolle, den Erik so gerne hat? Oder der Grausame, vor dem sich alle fürchten?

Ich lache verzweifelt.
„Ich habe doch keine Ahnung, wer ich bin", sage ich leise.

Sue: Es geht auch nicht darum, wer du bist, sondern wer du sein willst.

„Und wenn ich das auch nicht weiß?", frage ich und blicke wieder über den Balkon in die Ferne.

Sue: Überleg doch mal: Was ist das Allerwichtigste für dich? Das, was du am meisten liebst?

„Erik", flüstere ich ohne mit der Wimper zu zucken und plötzlich geht mir ein Licht auf.
Ich stürme in die Küche, in der die anderen schon warten. Sobald ich den Raum betrete, verstummen sie und sehen mich erwartungsvoll an.
„Du hast Unrecht", sage ich zu Erik. „Es geht nicht um das, was du tun sollst, sondern um das, was ich tun soll."
Ich gehe zu Marie und sehe sie traurig an.
„Ich will nicht mehr böse sein! Ich will ihm nicht wehtun, aber ich schaffe das nicht. Bitte, hilf mir!", flehe ich sie an.
Sie wirkt einen Moment perplex.
„Warum soll ich dir denn helfen?", fragt sie.
Ich lächle.

„Weil du das Gute in mir bist."
Sie legt sich eine Hand aufs Herz.
„Das ist wirklich süß, aber das glaube ich nicht. Die Liebe, die du für Erik empfindest, die kommt nur von dir."
Sie tippt mir einmal liebevoll auf die Brust.
„Und du hast sie mir beigebracht", erwidere ich und drehe mich zu Erik um. „Ich liebe dich so sehr, ich will dich nicht verlieren. Ich würde alles tun, damit du bei mir bleibst. Ich will der sein, der dir gefällt, verstehst du? Der liebevolle Levi, mit dem du Spaß hattest, der dir zuhört, hilft und vertraut."
Erik lächelt mich an, geht einen Schritt auf mich zu und gibt mir einen Kuss, bevor er mich unsicher ansieht.
„Ich weiß nicht, ob du das kannst…", meint er.
Ich nicke, weil ich genau verstehe, was er meint.
„Wir haben uns überlegt, dass es vielleicht eine gute Idee ist, dass du einen Termin bei einem Psychologen machst, der dir hilft, deine Problemchen in den Griff zu bekommen", erklärt Marie.
„Das ist nichts Schlimmes", sagt Lia und sieht mich sanft an. „Wir haben doch alle unsere Macken."
Ich sehe zu Erik, der mich aufmunternd anlächelt. Eigentlich bin ich von der Idee nicht begeistert, aber ich weiß, dass ich es alleine nicht schaffe und vielleicht wirklich Hilfe brauche.
„Ja, ihr habt bestimmt Recht", sage ich.
Erik greift meine Hände und streicht sanft darüber.
„Wie wäre es, wenn du eine Therapie machst und wir es dafür mit einander versuchen?", fragt er.
Ich nicke eilig.

„Ja! Ja, auf jeden Fall! Ich würde alles für dich tun!"
Marie kommt und legt einen Arm um mich.
„Wir kriegen das alles hin", sagt sie.
„Zusammen!", fügt Lia hinzu.
Ich sehe sie an und stelle fest, dass sie vielleicht gar nicht so übel ist, wie ich sie in letzter Zeit wahrgenommen habe. Immerhin hält sie nach all den Vorfällen immer noch zu mir.
„Ich habe euch alle so lieb." Mein Blick geht zu Marie. „Lass uns nie wieder so lange Funkstille haben!"
„Nein, keine Sorge", sagt sie und streicht mir über den Rücken. „Und ich finde es wirklich schön, wie verliebt du bist. Du bist viel liebevoller, als du denkst."
„Ja, ich weiß auch nicht. Er war plötzlich da und dann hat es mich voll erwischt."
Ich sehe zu Erik, der mich sanft und stolz anlächelt.
„Kann passieren", sagt Marie und zuckt mit den Schultern.
Mein Blick geht letztendlich zu Lia, die einen leichten Schleier von Trauer in ihrem Blick hat.
„Keine Sorge, wir wissen alle, dass Timo es nicht lange ohne dich aushält", sage ich ihr aufmunternd.
Erik stimmt mir zu:
„Wenn wir beide unsere Probleme in den Griff bekommen, schafft ihr das erst recht."
„Wir helfen euch auch", sage ich.
Sie lächelt.
„Ihr seid die besten!", sagt sie und zieht uns drei in eine große Gruppenumarmung.
Ich löse mich recht schnell, da mir der Körperkontakt doch noch etwas zu viel wird. Plötzlich klingelt Lias

Handy. Sie hat eine Nachricht bekommen und sieht sofort darauf. Als sie sie liest, erhellt sich ihr Blick.
„Timo will in Ruhe mit mir über alles reden", sagt sie.
„Na, siehst du!", sagt Erik.
„Weißt du schon, was du ihm sagen willst?", fragt Marie.
„Ja, schon. Also, das ist so…"
Während Lia anfängt, meiner Schwester alles zu erzählen, legt Erik mir einen Arm auf den Rücken und schiebt mich aus der Küche ins Wohnzimmer. Ich bekomme dabei mein Lächeln nicht aus dem Gesicht. Noch nie war ich so glücklich.
„Wie habt ihr meine Schwester überhaupt gefunden?", frage ich.
„Übers Internet", antwortet Erik schulterzuckend. „Sie hat sich sehr gefreut, dich wiedersehen zu können."
Er stellt sich mir gegenüber, legt die Hände an meine Wangen und sieht mir tief in die Augen.
„Ich wünsche mir so sehr, dass das klappt", murmelt er nachdenklich.
„Der wichtigste Schritt ist doch schon geschafft", erwidere ich schulterzuckend und betrachte seine Lippen.
Er lächelt leicht und gibt mir den schönsten Kuss meines Lebens. Er ist voller Hoffnung, denn Liebe bedeutet Hoffnung. Ich habe immer gedacht, Liebe würde Schmerz bedeuten, Besitz oder es wäre einfach nur ein chemisch-biologisches Phänomen. Jetzt weiß ich, dass Liebe Vertrauen bedeutet. Vertrauen in ihn, in mich und in uns.

Über die Autorin

Diana Mond ist eine deutsche Jugendbuchautorin. Seit ihrer Kindheit schreibt sie leidenschaftlich gerne Geschichten über alles, was sie interessiert. Am liebsten schreibt sie nachts um 02:00 Uhr und schläft dann bis 12:00 Uhr durch. Sie schwimmt außerdem gerne, wobei ihr meistens die besten Ideen kommen. Mehr über Dia und ihre Werke findet man auf ihrer Seite dianamondsite.wordpress.de.

Impressum

Bibliografische Information der Deutschen Nationalbibliothek: Die Deutsche Nationalbibliothek verzeichnet diese Publikation in der Deutschen Nationalbibliografie; detaillierte bibliografische Daten sind im Internet über dnb.dnb.de abrufbar.

Texte: © 2019 Diana Mond

Umschlaggestaltung: © 2019 Diana Mond

Verlag und Herstellung:

BoD – Books on Demand, Norderstedt

ISBN: 9783743187306